KB272163

영국 정원 일기

영국 정원 일기

판미동

당신들의 삶을 나를 위한 정원으로

기꺼이 내어 주신 부모님께 이 책을 바칩니다

차례

이 책에 실린 정원 도면과 흑백 손그림, 사진은 모두
작가가 직접 그리고 찍은 것들입니다.

흙이 있고 비가 드는 곳마다 식물이 자란다. 소담한 꽃이 피고 지는 화초도 있고, 단단한 줄기를 높게 뻗어 내는 나무도 있다. 산과 들에 자연스레 자라는 모습을 봄에 벚꽃 놀이로, 가을에 단풍 구경으로 만나게 된다. 그리고 식물을 곁에 두고 싶은 사람들은 정원을 꾸린다. 아파트 베란다에 놓인 토분들, 옥상에 늘어선 플라스틱 화분들, 또는 집 한편의 작은 텃밭들에 그 관심과 사랑이 담겨 있다. 어느 정원이든 그 안에는 저마다의 이야기가 흐른다.

태어나고 자란 한국을 떠나, 머나먼 영국에서 잎을 만지고 꽃을 보면서 땅을 파는 정원사로 살아간다. 아침에 아이들을 학교에 보내고 나면 차에 시동을 걸고 정원으로 향한다. 장미의 시든 꽃을 꺾어 내고 자잘한 잡초들을 쥐고 뽑는다. 무릎을 짚고 앉은 화단에서는 달큼한 흙내가 가득하다. 말소리 하나 들리지 않지만 정원은 색과 향기로

제 이야기를 풀어낸다. 그 이야기엔 국경도 사람의 언어도 없기에, 여전히 낯설고 가끔은 외로운 이곳에서 정원사를 위로한다.

언제부터 정원의 이야기를 따라가게 되었을까. 건전지와 전선, 백열등과 형광등이 가지런했던 작은 가겟방 한쪽엔 아버지께서 친구에게 얻어 오거나 어딘가의 돌산에서 캐 온 동양란들이 낮은 선반 위에 자랑스레 놓여 있었다. 넓고 둥그런 입구에 허리가 쑥 들어간 기다란 화분은 먼지 하나 없이 반짝였다. 하얗고 거친 난석에 심긴 난들은 잎이 시원스레 휘어 있어, 식물에 대해 아무것도 몰랐던 어린 나의 눈에도 길가에서 자라는 풀과는 어딘지 달라 보였다. 주말마다 분갈이를 하고 썩은 뿌리를 잘라 내던 아버지의 등을 보며 나는 달그락거리는 난석을 가지고 놀았다.

어머니는 동네 미용실에서 최대한 오래가는 파마를 하러 갔다 한 촉 얻어 온 소철을 소중히 키우셨다. 따뜻한 시선을 받으며 부쩍 자란 소철은 어느새 우리 집보다 부유했던 미용실의 것보다도 커졌다. 그 소철에는 가까이 지내는 이웃 간의 경제력을 다른 형태로 넘어섰다는 자부심이 서려 있었다.

삶은 흘러 어느새 영국에 닿았다. 대학 시절 만난 프랑스인 아내와 서로의 나라가 아닌 제3국에서 살기로 했고, 그 약속이 런던으로 이어졌다. 이윽고 첫 아이가 태어나면서 나는 다니던 회사를 그만두고 전업 아빠가 되었다.

처음으로 품에 안은 딸은 잠도 없이 많이도 울었다. 달그락거리는 유모차 안에서는 낮잠을 그나마 오래 자서, 유모차를 끌고 집 근처 공원을 몇 시간이고 걸었다. 꽉 쥔 손을 이리저리 휘저으며 칭얼대다가 겨우 잠이 들면, 고개 위로 치켜든 손이 퍼지며 포동포동한 손바닥이 봄꽃처럼 조용히 피었다. 3월에 태어난 딸과 조용히 걷는 동안 나무들은 위에서 우리를 가만히 내려다보며 그해의 새잎을 내었다.

좋은 점도 불편한 점도 사람 사는 곳이면 어디나 비슷하겠지만, 타향살이 중인 이들에게는 특히 마음 붙일 곳이 있어야 한다. 그것이 사람이든 사물이든, 혹은 어떠한 행동이든, 붙잡고 늘어져도 괜찮다고 느낄 수 있는 가까운 무언가가 필요하다. 그리고 그때 나에게는 집 뒤편에 자리한 북향의 좁고 긴 정원이 그런 곳이었다. 동네 꽃집에서 씨앗을 사서 뿌리면 파란 수레국화와 흰 구절초가 피어나고, 모종삽으로 심은 분홍색 코스모스가 초가을 무렵이면 키를 훌쩍 넘기는 정원. 작지만 빠진 구석 없이 하나하나 들여다본 그곳이 그렇게도 편안했다.

런던은 크고 작은 정원이 딸린 주거 형태가 흔했고, 집 밖의 조그만 땅에서 이것저것 심고 가꾸는 것에 관한 이야기들이 많았다. 아이가 분유를 먹고 있는 동안 TV로 「가드너스 월드*Gardeners' World*」라는 프로그램을 자주 보았다. 정원을 관리하는 방법과 계절마다 예쁜 꽃들, 정원 관련 행사를 소개해 주는, 1968년부터 방영되어 영국에 산다면 누구나 다 아는 프로그램이었다. 매주 목요일이 기다려졌다. 화면 속 정원사가 흙을 파고 모종을 심는 걸 보고 있자면 대학교 근처 자취방 창문에 바짝 붙여 키웠던 다육이나 실내용 관엽 화초가 떠올랐다. 그때는 그것만으로도 신기했는데, 비가 내리고 바람이 부는 하늘 밑, 지렁이가 꼼지락거리는 흙에서도 식물들을 길러 보고 싶어졌다. 그리고 정원사가 되기로 마음먹었다.

아빠가 되는 것과 정원사의 길 사이를 서투른

발걸음으로 뒤뚱뒤뚱 걸었다. 영국 왕립원예학회*Royal Horticultural Society, RHS*의 정원사 자격증 과정을 시작했다. 딸을 돌보며 틈틈이 식물의 분류와 학명을 공부했다. 삶의 모서리마다 해야 할 일이 가득했고 하루하루가 의미로 무겁게 차올랐다. 산책하며 보이는 꽃들의 이름을 하나둘씩 부를 수 있게 되었고, 보기 좋게 가지치기가 된 나무를 보면 기분이 산뜻했다. 볕이 좋은 날이면 아이를 정원 흔들의자에 앉혀 놓고 이것저것 심고 가꿨다. 그해 겨울, 정원사 시험을 통과하고 수료증을 우편으로 수령했다.

정원 회사에 이력서를 보내기 시작했다. 정원과 관련된 것이라곤 왕립원예학회에서 얼마 전 받은 수료증 한 줄뿐인 이력서를 런던 전역의 서른 개가량의 회사에 보냈다. 다행히 런던 남쪽의 한 정원 회사에서 면접을 보러 오라는 연락이 왔다. 면접에선 정원과 식물이 좋다는 낯간지럽지만 그것뿐인 대답을 했다. 경험은 없어도 정원사 자격증이 있다는 점과 좋아하는 일을 위해 도전하는 모습이 좋게 비쳐, 그곳에서 일을 시작하게 되었다.

새벽 5시 30분에 집을 나서서 사무실에 도착하면 7시.

낡은 흰색 차를 타고 하루에 적게는 두 개, 많게는 다섯 개의 정원을 돌아다녔다. 잔디 기계는 무거웠고 처음 신어본 검은색 가죽 작업화는 걸을 때마다 퉁퉁 소리가 났지만 모든 게 새롭고 기뻤다. 책으로 배운 식물의 이름들과 이론들을 마음에 품고 송풍기, 울타리 정리 기계, 잔디 기계의 작동법을 배웠다. 그리고 사람들이 정원에 대해 나누는 이야기들을 놓치지 않으려 애썼다. 작업복엔 풀 냄새가 잔뜩 묻었고 재킷 주머니에는 항상 쥐똥나무잎이 대여섯 개 들어 있었다.

　일한 지 6개월이 지나자 정원 기계들이 손에 익고 정원에서 하는 대화에 참여할 수 있게 되었다. 정원 초입에서 끝자락까지 천천히 걸으면 손질이 필요한 나무들과 꺾어야 하는 시든 꽃이 눈에 한가득 들어왔다. 눈앞의 정원을 바라보며 해야 할 일들의 목록을 마음속으로 만들고, 어떤 장비와 순서로 움직여야 하는지를 계획하는 것에도 익숙해졌다. 이제는 홀로서기를 할 때가 되었다는 생각이 들면서, 시작의 기회를 준 고마운 회사를 그만뒀다.

　내 손님을 구해야 했다. 출근만 하면 늘 준비되어

있던 정원들의 목록을 스스로 만들자니 눈앞이 깜깜했다. 매끈해 보이던 일상이 별안간 터지기 쉬운 풍선처럼 느껴졌다. 그렇다고 집에 가만히 있으면 세상이 '그래, 여기 예쁜 정원이 하나 있는데 한번 가꿔 볼래?' 할 리 없었다. 이런저런 고민을 하다, 집집마다 전단지를 돌려 보기로 했다. 다만 전단지 더미에 내 것을 하나 더하는 일은 내키지 않아, 조금이나마 도움이 되는 전단지를 만들고 싶었다.

인터넷으로 색종이를 사서 손바닥 반만 한 봉투를 만들고, 그 안에 야생화 꽃씨를 이유식 숟가락으로 조금씩 담았다. 그리고 A4 용지 절반만큼의 소개글도 정성스레 작성했다.

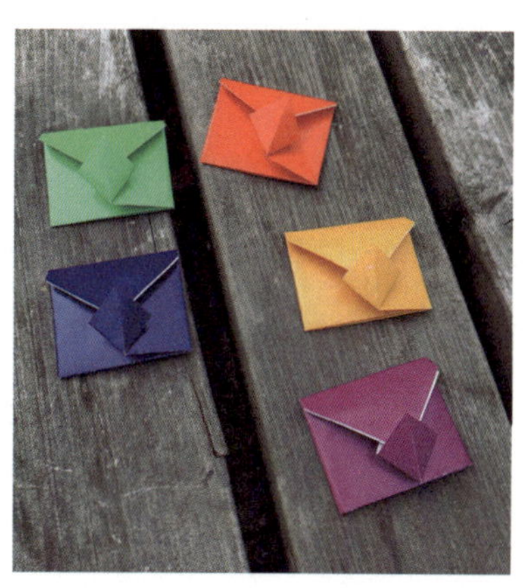

Hi,

My name is Minho Kim and I am a gardener. I hope my leaflet doesn't cause you any inconvenience. I have an RHS Level 2 Certificate and have been working for a gardening company. After resigning, I am looking for my own gardens to look after.

I will be more than happy to talk about flowers and leaves in your garden. Please let me know if you would like to meet me and discuss how I could help you with your garden.

The small envelope has some wildflower seeds, such as poppies and cornflowers, that are common but beautiful. Simply sprinkle them in your garden, and there will hopefully be some flowers.

Thank you.

안녕하세요.

제 이름은 김민호이고 정원사입니다. 제 전단지가
방해되지 않았으면 좋겠습니다. 저는 왕립원예학회의
2단계 정원사 수료증을 가지고 있으며 최근까지
한 정원 회사에서 일했습니다. 그리고 이제는 홀로 저의
정원을 구하고 있습니다.

괜찮다면 당신의 정원에 있는 꽃과 잎에 관해 이야기를
나눠 보고 싶습니다.
제가 어떤 도움이 될지 만나서 이야기하고 싶으시면
연락 주세요.

이 작은 봉투에는 양귀비와 수레국화 같은
야생화 씨앗이 있습니다. 흔하지만 예쁜 꽃들입니다.
정원 한구석에 뿌려져 꽃을 피웠으면 좋겠습니다.

감사합니다.

자전거를 타고 집 주변을 돌아다니며 전단지를 돌렸다. 앞마당이 예쁘게 잘 관리된 집들은 꽃에 관심이 많으리라 생각해 눈여겨보았고, 그중에서도 '이 정원에서 일하면 좋겠다' 싶은 집을 골랐다. 언뜻 외관은 비슷해도 현관의 초인종 수를 보면 단독주택인지 다세대인지 구분이 되었는데, 여러 세대가 사는 집은 정원 관리를 결정하는 데도 다수의 의견을 모아야 하니, 쉽지 않으리라 싶어 하나의 초인종만 있는 단독주택 위주로 돌렸다.

다른 집의 앞마당으로 성큼성큼 걸어 들어가 우편함에 전단지를 쑥 밀어 넣는 일은 좀처럼 익숙해지지 않았다. 혹시 외출하려고 나온 집주인과 마주치지 않을까, 저 동양인은 남의 집 현관 앞에서 무얼 하나 지켜보는 눈초리가 있지는 않을까 싶어 괜히 주눅이 들고 쑥스러웠다. 어떤 집은 거실에 있던 집주인이 넣지 말라며 손을 절레절레 저었다. 잔디를 깎거나 잡초를 뽑는 것처럼 육체적인 피로는 덜했지만 집에 오면 정신이 너덜너덜했다. 하지만 이미 엎질러진 물, 잠깐 쉬고 다시 내일 돌릴 전단지를 만들었다. 그렇게 2주 동안 200여 장을 돌렸다. 색종이를 접어 만든 봉투 속 야생화 씨앗들이 어느 정원의 흙에 닿아 꽃을 피웠으면 했다.

조금은 다르게 만들려고 했던 전단지는 다행히 조금은 다른 사람들에게 전달되었고, 그들은 경험이 많지 않은 나를 자신의 정원에 흔쾌히 초대했다. 만날 시간을 정한 후 초인종을 누르고 정원으로 향했다. 어떤 꽃과 나무들이 있을까, 화단은 어떤 형태일까, 한 번도 만나 보지 못한 정원을 향해 걸어 들어가는 그 10여 초 동안 가슴이 두근거렸다.

정원들은 하나하나 다 달랐다. 볕이 잘 드는 남향 정원, 시원한 그늘이 있는 북향 정원, 이웃집의 큰 나무들로 그늘지고 땅이 마른 정원, 지대가 낮아 땅이 축축하고 이끼가 잔뜩 낀 정원, 중간에 잔디가 있고 그 가장자리를 화단이 두르는 평범한 구성부터 초입에 큰 화단이 있어 정원이 한눈에 다 들어오지 않는 복잡한 구조까지.

그곳에 서서 내가 앞으로 해야 할 일을 생각했다. 반딱반딱 광이 나는 종이에 화려한 꽃 사진이 많이 들어간 큰 회사의 전단지에 비해 밋밋하고 소박한, 야생화 봉투가 붙어 있는 노란 전단지를 보고 연락을 해 온 분들은 다들 조금 독특했지만 나와 잘 맞았다. 오래된 자전거를 하나 사서 모종삽, 전지가위, 톱, 손빗자루 같은 작은 손 장비들은 가방에 넣어 메고 삽은 박스테이프로 자전거 프레임에 묶었다. 제법 더웠던 그해 여름, 내가 가꾸기로 한 몇 개의 정원들로 자전거 페달을 열심히 밟았다. 손님들은 땀을 뻘뻘 흘리며 낡은 자전거를 타고 오는 이상한 정원사를 웃으며 맞이했다.

예쁜 정원을 가꾸는 특별한 사람들을 만났다. 조급하고 서툰 정원사에게 정원에 얼마든지 있어도 좋고, 매일 와도 좋다고 했다. 무엇을 해도 존중해 주는 이들과 자주 차를 마시며 꽃과 나무에 대해 이야기했다. 하루 종일 정원에서 사과나무잎을 하나하나 들춰 보고 오밀조밀 뻗어 나온 곁가지 묶음을 만졌다. 장미의 향기를 맡고 잔디에 난 잡초를 뽑았다. 시간의 농도가 짙었고 정원은 아름다웠다. 흐르는 계절, 피고 지는 꽃들과 함께 세월이 흘렀다. 비 오는 날 자전거를 타고 퇴근하다 넘어져 무릎을 다치고 난 후, 중고로 회색 폭스바겐을 샀고 장비가 하나둘씩 늘어났다.

정원사가 되려는 꿈. 그는 꿈을 이루고 오래오래 행복하게 살았습니다, 이런 식으로 이야기는 끝나지 않는다. 진짜 이야기는 꿈을 이룬 뒤에 더 고요하고 진득한 방식으로 흐른다. 손톱 밑 흙때는 씻기지 않고 손마디에는 굳은살이 박인다. 모자를 써도 입 주변에는 종일 해가 닿아 검은깨 같은 점이 늘어나고, 퇴비를 짊어진 봄날의 오른쪽 어깨에는 구수한 퇴비 냄새가 밴다. 밖에서 숨 쉬는 것이 익숙해 추운 겨울에도 창문을 활짝 열어 두고 운전한다. 움직임 없이 통제된 실내의 공기가 답답하고 비에 젖은 외투의 무거움이 익숙하다. 꿈을 향해 가던 시절보다는 단조롭지만 곁가지가 잔뜩 달린 이야기들이 매 계절 쌓였고, 눈과 손으로 되뇌다 보니 이제는 언어의 형태를 잃어 간다. 그저 이 흐름에 오랫동안 숨어 걷고 싶다.

봄

버터컵

차갑고 단단하게 얼어 있던
하늘이 하루하루 따뜻해지는
봄볕에 녹는다. 저 먼 곳에서 활활
타고 있을 태양은 하늘을 먼저
녹이고는 땅을 데운다. 화사하게
핀 벚꽃들은 봄비에 꽃잎 몇 장을
떨어뜨리지만, 아직 껍질을 벗지
않은 꽃눈들이 가지에 그득하다.

목련 꽃깍지
또는 꽃받침

보송보송 솜털이 난 꽃깍지(겨울 동안 꽃을 감싸고 있는 껍질.)
속에서 겨울을 보낸 목련도 조금씩 피어난다. 자 이제
일어나야지 부르면 이불 속에서 아주 조금 고개를 내미는
아이처럼, 목련도 아직은 눈을 비비며 콧잔등만 보여 준다.

꽃잎이 크고 둥근 목련들은 잠이 많아 한 주는 더 꽃깍지 속에 머무려는 모양인데, 작은 실목련들은 어서 까불고 싶은지 성급하게 피었다.

화단 이곳저곳, 등대풀의 연두색 꽃에서 봄이 보인다. 무스카리도 히아신스도 전부 땅 위로 올라와 꽃을 피웠고, 그 위로 벚꽃이 꽃비를 내린다. 한겨울부터 피어 주던 설강화는 졌지만, 아쉬워할 새도 없이 그 자리를 이어받은 클레마티스 아르만디아이*Clematis armandii*의 순백색은 곱기만 하다. 새잎을 내느라 사철나무는 누렇게 하엽下葉을 낸다. 피는 것과 지는 것이 나란히 있어 정원은 결국 균형을 찾는다. 천천히, 하지만 확실하게 흐르는 시간 속에서 부옇게 일어나는 일상의 고민들이 씻겨 내려가기를. 지나갈 것들은 지나가고 남아야 할 것만이 남아 있기를. 봄비에 살짝 젖어 부드럽게 열리기 시작한 잔디에 조심스럽게 무릎을 대고 잡초를 뽑는다. 가끔 울새의 우는 소리와 자동차의 경적 소리가 멀리서 들려올 뿐, 정원은 조용하기만 하다. 차곡차곡 봄이 쌓인다.

비가 많이 와 일하기가 어려운 날엔 두 살배기 강아지 룰루와 함께 단골 꽃집으로 간다. 오랜만에 손수레 가득

꽃과 나무를 실어 죽 늘어놓으니 이제 심기 시작한 거냐며 꽃집 친구들이 와서 반갑게 인사를 건넨다.

"저 큰 단풍나무는 배달하려면 꽤 고생할 것 같은데 누가 올 거야?"

"당연히 안젤로가 가야지."

"아니, 나는 그날 휴가 낼 건데!"

"그럼 힘 좋은 팀이 와야겠네!"

가뜩이나 날이 궂어 한산한 꽃집에서 신이 잔뜩 난 룰루를 끌어안고 크게 웃는다. 필립 할아버지는 계산대 앞에 둘러서서 재잘재잘 떠드는 우리를 웃으며 바라보기만 한다. 그 앞에는 꽃물이 많이 빠진 크리스마스로즈가 한 수레 가득 담겨 있다. 하나 사면 하나가 공짜.

겨울을 지나며 몇 개의 새로운 정원을 만났고, 어두운 저녁 거실 책상에 앉아 그림을 그렸다. 작년 동안 내 안에 쌓인 꽃 기억들을 떠올리며 흰 종이에 하나씩 자리를 잡아 준다. 평면에 그어진 직선, 곡선, 동그라미, 점선들이 어느새 높고 낮은, 둥글고 삐죽한, 계절마다 다른 꽃이 피는 정원이 되리라.

지난달에는 하루빨리 꽃을 심어 달라는 손님들을

리처드의 정원.
동그라미 하나가 나무나 관목
한 그루의 자리가 된다.

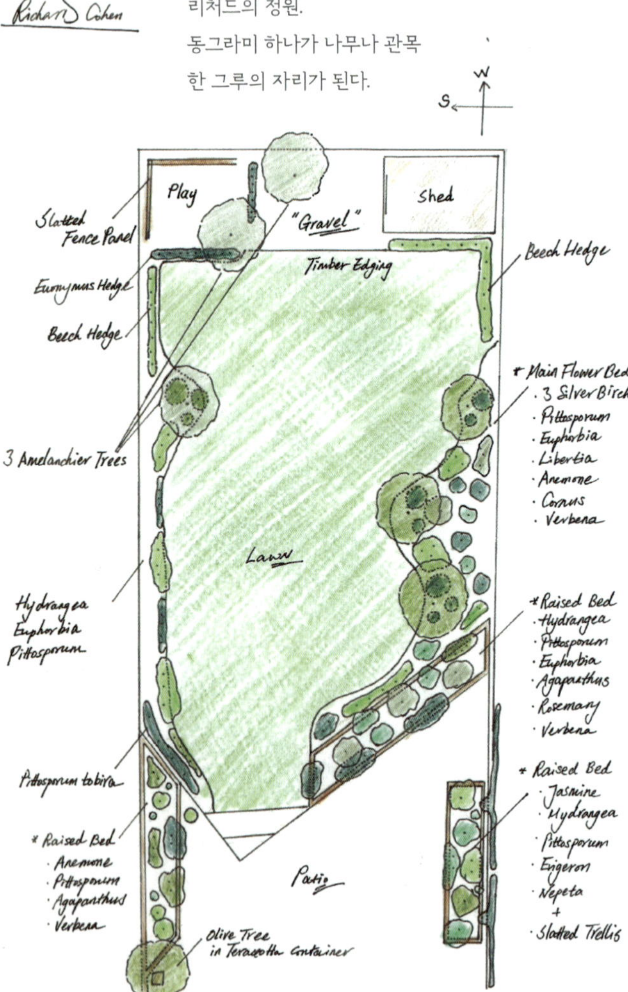

재차 말리기 바빴다. 꽃집에서 2월부터 통통하게 살이 오른 예쁜 꽃들을 팔고 있으니 손님들의 마음이 충분히 이해되었지만, 정원의 흙은 아직 차갑고 축축해서 비닐하우스에서 곱게만 자랐을 꽃들이 버티기 어렵기 때문이다. 그리고 3월, 봄이 겨울을 밀어내니 이제는 슬슬 심어도 될 듯하다. 기다리게 해서 죄송했고, 조만간 정원에 찾아가겠다고 연락하니 손님들이 반가워한다.

　　정원에 도착해 작년 늦가을에 고단한 손목을 부지런히 놀리며 심었던 알뿌리들의 꽃을 눈으로 수확한다. 새로 심은 흰색 수선화들이 청초하게 빛나고, 은방울수선화는 제법 높은 꽃대 위에서 봄바람에 흔들린다. 흰 꽃잎 끝자락에 콕콕 찍힌 초록 동그라미가 귀엽다. 키는 훨씬 크지만 꽃이 설강화와 닮아 있어, 마치 이미 져 버린 설강화를 대신하는 듯하다. 이른 봄 일찍 꽃을 피우기 시작한 무스카리는 이미 꽃대의 아랫부분부터 지기 시작했다. 알뿌리의 절반이 흙 위로 나와 있어도 매년 꽃을 피울 만큼 생명력이 강하다. 번식력도 좋아 씨앗이 주변으로 잘 번지는데, 가끔은 석판 사이의 비좁은 틈에 번져 자라는 바람에 홀대를 받기도

한다. 포도송이처럼 풍성한 히아신스는 한군데에 모여
있는 것보다 한두 촉씩 떨어져 있는 것이 자연스럽다.
각자의 자리에서 달콤한 향기를 가득 뿜어내며 나 여기에
있다고 말을 건네는 듯하다. 길쭉한 잎을 많이 낸 알리움은
아직 꽃봉오리가 보이지 않는다. 잎이 다 시들 즈음에야
느지막이 꽃대를 올릴 테니 꽃을 보려면 조금 더 기다림이
필요하다.

초봄, 화단의 잡초들이 꽃을 피워 내느라 바쁘다.
고슬고슬한 빈 땅이 화단 이곳저곳에 잔뜩이니 이때다
싶어 빠르게도 자라서 꽃을 피운다. 민들레는 가운데에
벌써 동그란 꽃을 옹골차게 품고 있다. 원하지 않았는데
번식력이 강한 풀들을 사람들은 잡초라 부르지만,
민들레도 좋아하는 이들에겐 예쁘기만 한 노란색 꽃이며,
보기 드문 흰 민들레는 일부러 찾아보는 이들도 많다.
그러니 잡초라는 이유로 무작정 뽑으려 들 것이 아니라,
잎과 꽃받침을 찬찬히 살펴보고 내 눈에 좋은지 좋지

않은지 먼저 생각해 보는 것이 좋다. 내가 좋아하는 것을 이해하고 받아들이는 것부터 시작하면 괜한 수고를 아낄 수 있다.

　물론 느긋하게 앉아 있을 수는 없다. 꽃을 피우고 씨앗을 흩뿌리기 전에 뽑은 봄날의 잡초 하나는 여름날 뽑아야 할 열 개, 스무 개의 잡초와 같다. 그러니 본격적인 봄이 시작되기 전에 퇴비를 뿌리는 것만큼이나 매일같이 잡초를 뽑아야 한다. 전부 뽑을 필요는 없다. 자기 자리가 아닌 곳에 비집고 자라 거슬리는 잡초들은 뽑되, 아무것도 없는 빈 흙에 가만히 자라고 있는 작은 잡초들은 그냥 둬도 괜찮다. 흰 매발톱 옆에서 비집고 자라는 민들레를 뽑고, 아가판투스*Agapanthus* 위를 덮어 버린 뱀딸기도 걷어 낸다.

　곧 보라색 꽃을 올망졸망 피울 아주가 군락 사이사이도 살펴본다. 넓은 아주가 잎 틈새로 이리저리 번진 버터컵을 들추고 있자니 어릴 적 명절 생각이 난다. 외갓집에 모여 사촌 형, 누나들과 숨바꼭질을 하다 보면 이모들이 와서 흰머리를 뽑아 달라 하셨다. 하나에 10원. 우르르 몰려가서는, 흰머리만 고르기 위해 가는 머리카락을 쥐고 조심조심 솎아 냈다. 조카들이 달려들어

머리를 헤집고 있으면 둘러앉은 식구들은 웃기 바빴다. 이모들은 행복의 방법을 알고 있었고 그 덕분에 마흔이 된 조카에게도 행복의 기억이 남아 있다.

잔디며 화단이며 이곳저곳에 번진 버터컵을 빈 땅에 한 움큼만 남겨 두고 나머지는 뽑는다. 늦봄 긴 꽃대 위에 달걀노른자처럼 탄탄한 노란색 꽃이 보기 좋을 테니 조금 남겨도 되겠지. 잡초를 뽑는 것도 디자인이라고 볼 수 있다니까 헛기침 한두 번, 턱을 괴고 뽑아도 좋다. 그런다고 해서 무슨 폼을 그리 잡느냐고 정원이 당신을 나무라지는 않으니 눈치 볼 것은 없다.

땅의 영양분을 빼앗기지 않기 위해 잡초를 뽑는다고들 하지만, 정원을 가꿀 때는 미적인 이유가 더 크다. 일부러 사서 심은 화초 사이에 빈 공간을 두어야 각각의 아름다움이 더 잘 드러나기 때문이다. 물론 막 씨앗에서 발아해 손톱만큼 자란 물망초를 민들레가 덮어 버리면 전자의 이유로 뽑아야겠지만, 2~3년 묵은 수국 옆에 얕게 퍼진 뱀딸기를 걷어 낸다고 해서 올해 수국이 훨씬 건강하게 자라는 것은 아니다.

균사는 식물의 뿌리에 붙어 살면서, 뿌리보다 훨씬

가는 실 같은 몸으로 흙 속 구석구석을 누빈다. 식물의
뿌리만으로는 닿지 못하는 곳에서 질소나 마그네슘 같은
영양분을 끌어와 식물에게 주고, 식물은 광합성으로
만들어 낸 당분을 내주는 공생의 관계다. 균사는 식물의
뿌리를 집으로 삼으므로, 잡초든 큰맘 먹고 사 온
안개나무든 땅속뿌리가 많을수록 균사도 풍부해진다. 즉
뿌리가 많고 균사가 촘촘해야 어떤 꽃을 심어도 잘 자라는,
살아 숨 쉬는 땅이 만들어진다. 잡초가 조금 있다고 해서
눈에 불을 켜고 뽑아내고, 땅을 갈고, 제초제를 뿌리며
호들갑을 떨면 균사가 살 곳이 없어 땅이 죽는다. 죽은
땅에는 무엇을 심어도 성장이 시원찮아 화학 비료에
의존하게 된다. 그렇지만 균사의 도움이 없다면 비료를
들이붓듯이 해도 효과가 미미하다. 다양한 요소들이
긴밀하게 연결될 때 균형이 생기고 그 안에서 자연스럽게
효율성이 자리 잡는데, 그 균형을 무시한 채 균일함으로만
밀어붙이면 생명력이 손상된다.

한국에 2주간 다녀왔다

풀어야 할 회포도 많았고

온돌방이 따뜻해 이른 저녁잠도 많았다

제법 피곤해 입술이 갈라졌는데

고향의 집밥에 새살이 금세 돋았다

다시 돌아온 런던에는

봄 햇살이 가득하다

앞마당의 향회양목과 천리향은

기다린 그들의 계절에 기뻐하며

작지만 향긋한 꽃을 피운다

등대풀의 연두색 꽃과

이제는 꺾인 풀의 꽃대

손가락 두 마디쯤 올라온

애기범부채의 날렵한 잎날

단정하게 돌아간 화단에
한 주먹 한 주먹씩 퇴비를 던진다

멈춰 있는 듯했지만
세상의 것들은 저마다의 껍질 속에서
변화하고 있었고
그것들이 발현되는 봄은 매년 반복되지만 찬란하다

그러니 견디는 것으로 족하다
시간은 어디서든, 어떤 형태로든 쌓여 간다

오늘은 재스민, 인동덩굴처럼 여름에 꽃을 피우는 덩굴들을 한차례 정리했다. 봄에 개화하는 식물들은 지난해 가지에서 꽃이 피기에 봄에 자르면 그해 꽃을 잃지만, 여름 개화 덩굴들은 봄에 가지치기를 해도 꽃을 볼 수 있다.

　덩굴 식물들은 땅 위를 기어다니듯 하다가, 큰 나무를 만나면 타고 올라가 햇볕이 잘 드는 윗부분에 가서야 세력을 키운다. 줄기가 다른 나무의 가지에 닿으면 그 부분의 성장은 느려지고 반대편은 빨라져, 그 힘으로 줄기가 휘어지며 가지를 붙잡는다. 빠르게 올라가는 데 집중하느라 아랫잎은 하엽이 지면서 떨어진다. 식물에게 잎은 수분을 증발시키는 비용인 동시에, 해를 받아 양분을 만드는 점에서는 효용이다. 그늘진 땅에서는 비용을 지불하더라도 성장해야 하기에 잎을 달고 갈 수밖에 없지만, 볕이 드는 위쪽까지 올라가면 그곳에 집중하기 위해 아랫잎을 미련 없이 떨궈 버린다. 무엇을 붙들고 무엇을 놓을지, 어디에 힘을 쏟을지…… 자리를 옮길 수 없는 식물이 오히려 그 판단에 있어 우리보다 과감하다.

　야생에서 덩굴들은 큰 나무를 타고 올라가는데, 정원에서는 주로 울타리나 담장이 그 역할을 대신한다. 아이비나 담쟁이덩굴처럼 벽에 붙어 자라면 그대로 두고, 인동덩굴이나 클레마티스처럼 무언가를 쥐고 자라야 하면 철사나 격자 지지대를 대어 준다. 꽃집에서 파는 덩굴은 운송과 진열의 편의를 위해 보통 대나무에 길게 묶여 있다.

그대로 화분에 두면 서로 얽히고 옆 나무를 타고 올라가 버려 팔 수가 없기 때문이다. 이렇게 묶여 나온 덩굴들은 풀지 않고 심으면 처음에는 울타리를 잘 타고 올라간다.

그러다 1~2년이 지나 덩굴이 울타리의 맨 위에 도달하면서부터 상황이 변한다. 더 이상 올라갈 곳이 없으니 윗부분의 가지들이 곁가지를 내며 두껍게 부풀고, 아래의 잎들이 떨어지며 홀쭉해진다. 곁가지 없는 길쭉한 가지로 주변을 부지런히 탐색하며 높이 자라다가 꼭대기에 닿으면 꽃과 열매를 맺기 위해 힘을 돌리는 것이다. 물론 윗부분이 풍성한 것이 덩굴이 자연스럽게 자라는 모습이고, 그렇게 클 때 꽃의 절대적인 개수도 많다. 하지만 울타리를 가리려고 심은 덩굴인데, 정작 울타리에는 빈 가지들이 가득하고 위에만 무겁게 살이 붙으면 보기에 좋지 않다. 안쪽에는 죽은 가지가 쌓이고 바깥으로만 새 가지가 나며 매년 더 커진다. 화단에 그늘을 드리우고, 주변의 나무를 잡고 오르기도 한다. 무겁게 자란 덩굴의 윗부분이 강한 바람에 흔들려 울타리를 넘어뜨리는 경우도 잦다. 다양한 방식으로 속을 제법 썩인다.

그러니 덩굴을 일정한 두께로 키우고 싶다면 심을

때부터 신경을 써야 한다. 대나무에 묶여 있던 덩굴이라면 가지들을 하나씩 풀어 울타리 아래서부터 키운다. 1미터도 채 되지 않는 작은 덩굴은 괜히 풀다가 가지가 꺾일 수 있으니 그냥 심어도 된다. 반면 값이 제법 나가는 큰 덩굴의

풀지 않고 심으면 윗부분만 부풀고 다른 화초에 그늘을 드리운다

풀어 심으면 아래부터 윗부분까지 고르게 풍성하다

경우, 심을 때 가지들을 잘 펴서 수평으로 뉘어 심는 수고를 들이면 고르고 풍성하게 자란 덩굴로 보답받는다.

이미 묵은 덩굴은 윗부분의 세력을 매년 줄여 준다. 식물의 성장은 가장 높게 위치한 눈에서 주로 일어나니, 위쪽을 잘라 주면 성장의 힘이 울타리 너머로 새지 않고 아직 트이지 않은 아래의 눈으로 흐른다. 겨울잠 기운이 남아 있는 봄에 울타리의 윗부분에서 한 뼘 정도 아래까지 잘라 주고, 세력이 강해 이웃집으로 넘어가는 덩굴은 더 잘라 낸다. 울타리 옆으로 서서 전체 두께도 줄여 주면 곁가지가 나와 얇고 촘촘하게 관리할 수 있다. 윗부분은 저절로 살이 붙지만 아랫부분은 그러지 못하니 사람이 힘을 보태 채워 준다고 생각하면 된다. 정원 속에서 덩굴은 다른 관목이나 화초보다 조금 더 손이 가지만, 그만큼 손댄 보람이 눈에 보이는 식물이기도 하다.

마흔 번째 생일이 있는 올해 3월은 가지 끝에서 봄살이 오르는 새순들이 더욱 특별하게 느껴진다. 주황색

에리시멈*Erysimum*이 하나둘 꽃을 피우고, 작년 가을에 심은
알뿌리 아네모네도 파랗고 흰 꽃을 낮게 피워 내고 있다.
요즘은 한 정원을 끝내고 다음 정원으로 이동하는 십여
분간 곳곳에 핀 목련을 보느라 즐겁다. 오랫동안 일부러
손대지 않고 그저 자라도록 둔 목련들은 중심이 시원스레
벌어져 있다. 그 경계를 따라 자잘하게 갈라진 가지 끝마다
꽃을 가득 피운다. 희고 탐스럽게 둥근 목련도, 자주색에
새초롬하게 가는 자목련도 제각기 매력이 다르다. 올해는
옅은 자주색 실목련이 특히 눈에 들어온다.

연못 가장자리의 창포는 차가운 물 위에 새잎을
내밀고, 그 옆의 프림로즈는 봄기운에 잎도 꽃도 싱그럽다.
프림로즈는 여름과 가을 동안에는 말리기 시작한
우거지처럼 쭈글쭈글 생기가 없다가, 늦가을부터 살이 찌기
시작해 늦겨울에 꽃을 피운다. 아직 겨울에 머무르고 있는
듯한 정원도 가만히 살펴보면 화단의 가장자리에서, 가지의
끝에서 봄이 차곡차곡 입혀지고 있다. 일상에 끼어드는
추상적인 고민들을 비웃듯, 올해 처음으로 돋아난
새순들은 이토록 구체적이다.

천천히, 하지만 확실하게 다가오는 봄을 맞아 바쁜

손과 달리, 마음은 그저 고요하기만 하다. 살아가며 생기는 질문들은 답했다 하더라도 금세 다른 질문으로 이어지고, 그것들을 품은 채 살아가는 것에 익숙해진다. 의미는 냉정하게 구획한 단락에 있는 것이 아니라 계속되는 흐름 자체에 있으니, 명쾌한 답이 없더라도 삶은 그 흐름 속에서 계속되어야 한다.

말주변이 부족해 두서없이 두리뭉실한 몇 마디 말들로 근근이 살아가지만 퇴비에 관해 이야기할 때는 제법 수다쟁이 흉내를 낼 수 있다. 만약 정해진 예산으로 정원에서 단 한 가지 일만을 할 수 있다면 망설임 없이 꽃집으로 달려가 모든 예산을 퇴비 사는 데 쓸 것이다. 그리고 기꺼이 무거운 퇴비 포대를 어깨에 메고 신나게 정원으로 돌아올 것이다. 옳기만 한 일이 드문 간단치 않은 세상인데도 퇴비는 옳기만 하다.

돌보는 정원의 크기에 맞게 미리 필요한 퇴비를 계산하고, 주말에 꽃집에 가서 다가오는 주에 퇴비를

주문한다. 꽃들은 그중에서도 튼실한 녀석으로 고르기
위해 하나하나 살펴야 하지만 퇴비는 따질 것 없이 바로
주문할 수 있으니 수월하다. 맷 아저씨의 정원에 스무 자루,
제시카 할머니네 정원에 서른 자루…… 주문하고 있으면
꽃집 친구들이 기웃기웃.

간혹 연세가 지긋한 손님들이 작물을 키우는
화단에는 소똥, 오래 묵은 관목 위주의 화단에는 말똥
퇴비가 더 낫다고 말씀해 주시는 경우가 있다. 아직 정원
짬이 부족한 탓인지 확실한 차이는 모르겠지만, 소똥
퇴비의 경우 왠지 조금 더 진득하여 퇴비 기운이 더 천천히
풀어지는 반면, 말똥 퇴비는 푸석거리고 냄새가 짙어
단기간에 확 풀어지는 느낌은 있다. 몇 년 전부터는 버섯
퇴비를 자주 주문한다. 분변 퇴비에 비해 냄새가 거의 없고
퇴비 기운이 덜해서, 듬뿍 뿌려도 화단에 부담이 적다.
(무엇보다 포대 자루의 디자인이 점잖아 마음에 든다.)

이미 만개한 수선화 옆에서 튤립이 이제야 뾰족한
꽃봉오리를 올리고, 알리움이 한 뼘 정도 자란 3월 중순은
퇴비를 깔기에 알맞다. 차갑고 축축한 땅속에서 겨울잠을
아직 깨지 못한 뿌리가 퇴비의 독한 기운에 놀랄 수 있으니,

조급함을 누르고 되도록 늦게 하는 것이 낫다. 봄기운으로 가지가 제법 데워졌을 때 퇴비 간식을 주면서 올해도 한번 신나게 자라 보라고 응원하는 마음을 담으면 더 좋다.

퇴비를 한 움큼씩 쥐고 화초와 관목 사이의 빈 공간에 적어도 4~5센티미터 정도로 두껍게 깔아 준다. 그러면 퇴비가 흙 속에 섞인 잡초의 씨앗이 발아하는 것을 막아 주고, 흙의 수분이 일정하게 유지되도록 도와준다. 얇게 깐 퇴비는 그 효과가 아주 적어 하지 않는 것과 다름없다. 따라서 화단의 크기에 비해 퇴비가 모자라면 전체에 얇게 뿌리기보다 한구석에서부터 두툼하게 깔고 남은 부분은 그냥 두는 편이 낫다. 다만 나무나 관목의 목질화된 줄기에 퇴비가 닿으면 썩을 수 있으니, 줄기와 땅이 만나는 부분을 오목하게 파서 퇴비가 닿는 것을 막는다. 이제 막 새잎이 돋아나는 화초들도 덮지 않도록 조심해야 한다.

빨갛고 파란 꽃, 둥글고 길쭉한 잎, 보기 좋게 벌어진 가지들 모두가 흙에서 비롯한다. 눈에 들어오는 정원의 아름다움도 마찬가지다. 정원의 다채로운 색과 형태는 흙 속에 이리저리 뻗은 잔뿌리, 그 사이를 지나가는 지렁이의

눅진한 진액, 지난 가을 언젠가 떨어진 병꽃나무의
낙엽에서 시작한다. 이러한 흙 안의 다양한 요소, 그리고
그것들의 관계는 한 번에 이해하기 어려울 만큼 긴밀하고
섬세하다. 이제 막 돋아난 분꽃나무의 새잎, 시들어 가는
목서, 구슬댕댕이의 향기 짙은 흰 꽃은 지면 위에 있어
눈으로 그 형태를 확인할 수 있지만, 어두운 흙 속에서
어떤 속삭임이 흐르고 있는지는 어렴풋할 따름이다.
우리가 밟고 선 땅 위의 선명한 가지와 꽃들이 의식이라면,
모든 것을 지탱하지만 보이지 않는 어두움 아래 있는 흙은
무의식이다. 그렇다면 퇴비를 주는 일은 자연의 무의식을
돌보는 일이라 부를 수 있을 테다. 단출한 껍질 속에서
겨울을 버티어 낸 꽃눈들이 차곡차곡 접어 둔 잠재력을
수월히 펼쳐 낼 수 있도록, 3월 동안에는 그 보이지 않는
곳을 돌봐 줘야 한다. 의식과 무의식의 얇은 경계, 초봄의
부드러운 지면 위를 쿰쿰한 따뜻함으로 두툼하게 덮는다.

정원에 도착해 화단에 떨어진 잎과 잡초들을

정리하고 있으면 꽃집 친구들이 퇴비를 싣고 찾아온다. 이 계절에는 매일같이 퇴비라 어제도 엊그제도 봤지만 오늘 보니 또 반갑다. 자, 내려 볼까. 차 문을 열면 한가득 쌓여 있는 퇴비에서 구수한 냄새가 훅 풍긴다. 자루 하나도 어깨에 메면 제법 무거운데 팀과 안젤로는 두 개씩 나른다. 나도 너희 나이일 때는 거뜬했는데 지금은 하나도 벅차네, 하니 늙은이는 저기 앉아서 쉬라고 한다. 이런.

퇴비 자루를 화단 근처에 내려 두고, 숨도 돌릴 겸 화단을 한번 둘러본다. 무엇이 자라고 있는지 확인하고, 관목과 관목 사이의 빈 공간들과 이제 막 새잎을 내기 시작한 쥐손이풀, 아이리스를 바라본다. 작년에 잘 자라 준 것들과 비실비실했던 식물들을 떠올린다. 그렇게 어느 정도 시간을 두고 봄 화단에게 마음으로 먼저 다가간다. 퇴비 자루를 전지가위로 연다. 쿰쿰한 냄새가 훅 코에 닿는다.

아이들은 갓난아이일 적 밤에 자주 깨어나 배가 고프다며 울었다. 새와 고양이도 깊은 잠을 자는 밤의 한가운데에서, 나를 닮은 작은 것들을 품 안에 안고 우유를 먹이던 내 입에서는 그렇게 쿰쿰한 냄새가 났을 것이다. 그리고 아이들은 부모의 쿰쿰함에 익숙해지며 조금씩 자랐으리라. 생명을 키우는 냄새는 한밤중 어두운 방 한구석에 웅크리고 앉아 피곤이 가득한 눈으로 우유병을 간신히 들고 있는 부모의 입에서, 또 진하고 따뜻한 퇴비에서 나오는 것일 테다.

　첫째 아이가 두 살 때쯤 런던으로 휴가를 오신 부모님과 집 근처 텃밭을 갈러 갔다. 삽질 몇 번에 속을 드러낸 땅에는 지렁이 몇 마리가 꾸물거리고 있었다. 지렁이의 동글동글한 배설물은 흙과 퇴비가 내장의 진액과 함께 반죽이 된 참 좋은 흙이다. 아버지는 지렁이를 반가워하며 "지렁이가 보이니 런던은 아직 땅이 살아 있네. 우리나라 땅은 파도 지렁이가 안 보인다." 하셨다.

　흙에는 바위나 자갈이 잘게 갈린 무기물과 동식물의 잔해가 분해된 유기물이 섞여 있다. 둘이 골고루 섞여 있어야 건강한 흙이다. 광물 가루만 가득한 흙은 물은 잘 빠지지만 식물의 성장에 필요한 영양분이 부족하고 빗물에 쉽게 유실된다.

　부드럽게 삭은 유기물 조각들은 거친 광물 가루들 사이를 풀처럼 연결해 콩알 크기의 흙덩어리를 만든다. 이렇게 뭉쳐진 흙은 영양분을 붙들고 있으면서도

사이사이의 빈 공간으로 공기가 스며들어 뿌리가 숨 쉴
수 있게 한다. 가볍게 두세 번 씻어 물을 맞추고 느긋하게
뜸까지 잘 들여 지은 밥처럼 고슬고슬한 흙은, 자연이 오랜
시간에 걸쳐 만든다. 태양의 힘을 받아 한 해 부지런히
자라 온 식물들은 가을이 오면 망설임 없이 잎을 떨구고,
땅으로 떨어진 잎들은 잘게 부서져 흙 속으로 스며든다.
태양으로부터 받은 에너지가 이렇게 땅으로 돌아가고,
그 따스함이 담긴 상토에서 모든 것이 자란다. 상토
1센티미터가 쌓이기 위해서는 적어도 200년의 세월이
필요하다고 하니, 정원의 흙은 과거의 자연에서 빌려 쓰는
것이다.

그리고 우리는 퇴비를 뿌리며 빚을 갚는다. 퇴비 안의
유기물은 지렁이, 진드기, 쥐며느리 같은 작은 생명체들에
의해 더 작게 분해되어 땅속으로 서서히 스며든다. 흙이
살찌워지는 과정은 섬세하고 서두름이 없다. 반면 화학
비료는 효과가 빠르지만 잎만 급하게 키워 내고, 뿌리는 그
속도를 따라가지 못한다. 또한 뿌리가 흙에서 끌어올리는
물보다 잎에서 증발하는 물이 더 많아져서 잠깐만 물이
부족해도 우수수 시든다. 불균형한 상태는 쉽게 무너지기

때문에 비료를 거듭 뿌리게 만들고, 결국 불안정과
비효율이 반복된다. 넓고 단단하게 땅을 붙잡고 있는 뿌리,
그 뿌리를 너그럽게 보듬고 기운을 주는 땅. 느리지만
단단한 이 관계를 화학 알갱이들로 건너뛰려는 것은 짧게
보면 지름길 같지만 길게 보면 다소 얕은 꾀에 불과하다.

클레마티스

봄이 왔다. 매 계절이 그렇듯 덤덤히 왔다. 몇 달간 서리를 견뎌 낸 눈들이 하나둘씩 터지고, 새로 돋은 모든 잎이 새것이다. 화초 사이사이를 정리하고 고슬고슬한 퇴비를 모자람 없이 덮어 둔 화단, 그 검은 흙 위로 돋아나는 금낭화의 야들야들한 새순이 맑게 빛난다.

삼지닥나무는 만개했다. 조심성 많은 달팽이처럼 가장자리에 연노랑 꽃잎을 몇 개만 내놓더니, 이제 봄이 코앞이라고 중간의 꽃들에게 귀띔이라도 했는지 풍성하게 전부 피었다. 정원 초입에서 귓등을 데우는 봄 햇살에 달달한 향기를 흘려 준다. 노란색은 촌스럽다던 사람들도 삼지닥나무 앞에서는 그저 예쁘다, 예쁘다 한다. 매끈한 가지가 세 줄기씩 보기 좋게 갈라진 수형부터 뽀얀 솜털에

덮인 화사한 꽃까지, 삼지닥나무는 무엇과 견줘도 자신
있는 귀한 정원수다.

오래 기다린 꽃이니 기왕이면 더 예뻤으면 좋겠다
싶다. 돋은 지 얼마 안 된 새순이 더욱 빛나도록 작년의
허물을 부지런히 거둔다. 갈색으로 곱게 늙은 갈대의 잎과
꽃대를 거두고 구석에 쌓인 등나무의 잎을 마저 쓸어
담는다. 오랜만에 간 정원에 아직도 달려 있는 수국의
시든 꽃은 누가 쫓아오기라도 하는 것처럼 서둘러 자른다.
그냥 두어도 결국엔 꽃이 필 텐데, 괜히 마음이 들뜨고
요란스럽다.

겨울 때를 정리하고 싶은 정원 주인들은 애타게
정원사를 찾는다. 수첩에 정원의 이름과 방문할 날짜,
시간이 빼곡하게 적힌다. 나를 원하는 모든 정원의 꽃을
만져 줄 수 있기를 바라지만, 봄은 오는 것만큼이나
단호하게 지나가는 중이다.

부활절 주말이 있는 이번 주는 네 곳의 정원을
만드느라 바빴다. 화단을 다시 정리하고, 새로운 꽃을
심고, 잔디를 깎고, 자동 관수망을 깔고, 덩굴장미를 위해
벽돌에 나무 격자 틀을 박는다. 주말에는 집집마다 손님을

맞이할 터이니, 한 곳이라도 더 들르기 위해 쉬는 시간도 쪼개어 일해야 한다. 한 정원에 진득이 오래 있지도 못하고 이동하는 시간도 길어 벌이는 적지만 아쉬운 마음이 들 틈조차 없다. 다음 정원, 또 다음 정원. 흐름을 지속하는 것에만 중심을 둔다. 오래 묵어 키가 큰 분꽃이 저 위에서 향기를 가득 내주니 정원 바깥의 걱정들은 옷깃에 잠깐 부는 바람에 불과하다.

꽃집들도 대목을 맞이해 활기가 넘친다. 진입로 밖으로 차가 네다섯 대씩 줄을 서고 직원들은 이쪽저쪽으로 사람들을 안내하느라 바쁘다. 다음 주에 심어야 할 꽃과 나무들을 사러 들른 것인데, 오랫동안 키워 보고 싶었던 야생당근*Wild carrot* 모종을 발견하고는 열다섯 개들이 한 짝을 우리 집 정원으로 덜렁 들고 와 버렸다. 이름만 들으면 채소밭에 있을 것 같은 야생당근은 여름이면 가느다란 줄기 끝에 흰 꽃을 작은 우산을 펼치듯 동그랗게 모아 피운다. 한 촉만으로도 화단에 가벼운 바람결 같은 분위기를 더해 주는 꽃이라 정원 곳곳과 화분 틈바구니 어디에 심어도 부담이 없다. 다만 달팽이들이 막 돋은 잎에 입맛을 다실 테니, 앞으로 한 달 정도는 밤에 살펴 주어야 한다.

　　모종을 손에 들고 어디에 심어 볼까 두리번거리다, 언젠가 삼지닥나무 밑에 던져 둔 제비꽃 화분이 눈에 들어온다. 처음 다짐과 달리 알뜰히 살피지 못해 잎이 바짝 말라 바스락거린다. 아쉽지만 제비꽃을 비우고 야생당근을 한 촉 심는다. 다른 한 촉을 들고 벽에 붙어 자라는 재스민 밑을 들추니 분꽃나무 화분 하나가 덩그러니 놓여 있다. 작년에 새 정원을 만들다 심을 곳이 마땅치 않아 가져온 것인데 이제껏 까맣게 잊고 있었다. 물 한번 얻어먹지 못했는데도 새 가지를 한 뼘 올렸다. 땅에 심었더라면 허리만큼 자라 꽃도 몇 개 달았을 텐데. 자꾸만 잊어버린다. 아차, 잠깐 기억해 내고는 또 다시 잊기를 반복하는 일이 점차 많아진다. 사소한 것일 때는 사는 게 그러려니 넘어가지만, 중요한 것을 잊고 있었음을 알아차리면 순간 일상이 흔들린다. 야생당근을 옆에 밀어 두고 우선은 정원 뒤쪽에 이곳저곳 가지가 말라비틀어진 분꽃나무를 심는다. 눈에 보이지 않는다고 얼마나 많은 것을 잊었을지 겁이 나지만 당장은 떠오른 것부터 돌봐야 한다. 어떻게든 눈앞의 것을 심고 나면 땅이 돌봐 주고 하늘이 들여다보리란 믿음을 지닌다.

정원의 그늘진 구석에도 잊고 있던 것들이 자라고 있다. 잎이 무성한 팔손이 밑에서 하루 중 한 시간이나 볕을 받을까 말까 하던 폐풀*Pulmonaria*이 꽃을 잔뜩 피웠다. 흰 반점이 얼룩덜룩한 잎이 사람의 폐와 닮았다고 하여 폐풀. 이리저리 번지는 뿌리줄기는 말려서 약으로 쓰이기도 한다. 봄에 그늘에서 풍성하게 새잎과 꽃을 내주지만 꽃이 진 여름부터는 시들시들, 있는 듯 없는 듯 지낸다. 앵초와 제비꽃도 마찬가지다. 이맘때쯤이면 생기가 도는 잎에 단출한 꽃을 보여 주지만 여름부터는 시든 잎을 겨우 몇 장 달고 있거나 전부 떨구고 땅으로 들어가 버린다. 저마다 꽃 피우는 시기가 다르니 그때마다 예쁜 모습을 잘 기억해 둬야 한다. 그 기억을 남겨 두면 여름 장미의 시든 꽃을 꺾으러 화단에 들어설 때, 이듬해를 준비하는 봄꽃들의 새 눈을 지켜 낼 수 있다.

이런저런 꽃들이 많지만 역시나 봄은 알뿌리의 계절이다. 사과나무 밑에서, 천리향의 한 귀퉁이에서, 언제 심었는지 기억도 나지 않는 생뚱맞은 곳에서 소복하게 솟아난다. 공원에 핀 노란색 수선화가 개구지고 간간이 보이는 흰 수선화는 부드럽다. 알뿌리가 위아래도 없이 못생겨서 도무지 꽃과 연결 짓기 힘든 아네모네도 잘 피었고, 튼튼한 무스카리 역시 알알이 포도송이 같은 꽃을 맺었다. 보라색과 파란색이 가장 흔한데, 최근에 보이는 연분홍 품종에 욕심이 간다. 아직 가격이 높아 2년 정도는 꾹 참고 기다려 보려 한다. 알리움의 꽃봉오리도 다년생 화초와 관목 사이에 드문드문 보이니, 피어오를 알뿌리들에 기대가 커져 간다.

씨앗을 익힐 힘을 알뿌리로 돌리면 내년 꽃을 잘 피운다는 말에 꽃이 진 수선화의 씨앗을 떼어 낸다. 습관처럼 반복하고는 있지만 해가 갈수록 하기 싫다는 마음이 커진다. 공원의 노란색 수선화는 굳이 씨앗을 떼어 내지 않아도 매해 흐드러지도록 피어나고 있지 않은가.

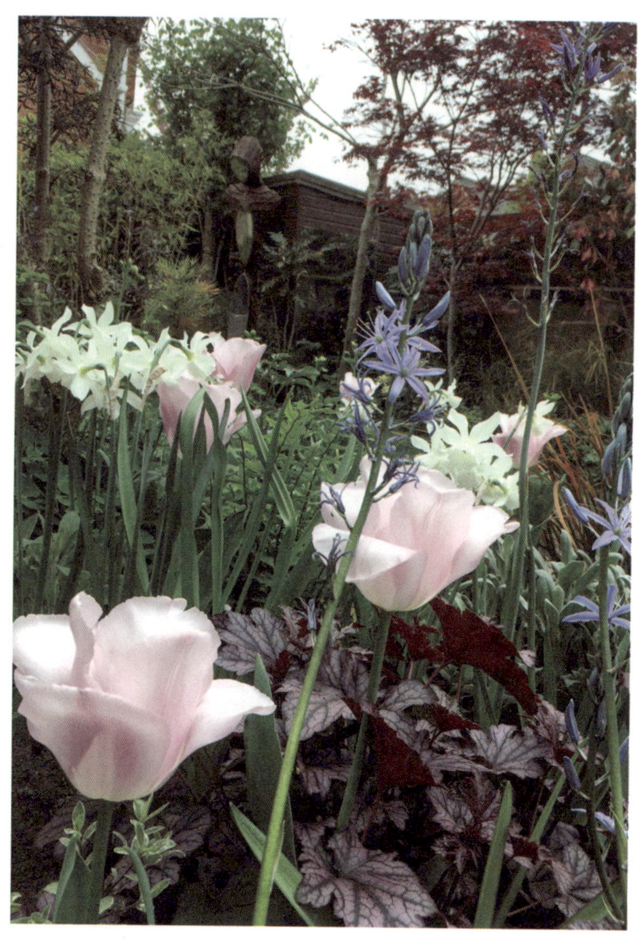

흰색 수선화, 분홍색 튤립, 푸른색 카마시아.
이런저런 알뿌리들이 피어오른다.

내년 꽃을 위해서라면 괜히 손대지 않는 것이 오히려
도움이 된다. 꽃이 졌다고 초록 잎들을 싹둑 자르지 말고,
누렇게 시들 때까지 그냥 둔다. 그 사이 잎이 광합성으로
만든 단물을 알뿌리에 보내 스스로 살찌울 것이다. 자, 이제
자르지 않아도 될 핑계도 생겼으니 봄의 수선화를 만끽해
본다.

한동안 가물다 엊그제서야 내린 단 봄비에 잔디도
날을 바짝 세웠다. 일단은 조금 길게 깎고, 계절이
묵을수록 길이를 줄인다. 긴 잎으로 봄볕을 받으며
광합성을 충분히 하면 뿌리에 힘이 저장되어 여름에 짧게
잘라도 금방 자란다.

아직 정원에는 식물 사이사이에 빈 공간이 보여 마치
내 마음대로 통제할 수 있을 듯하다. 하지만 여름부터는
서로 뒤엉켜 화단이 통째로 식물들의 모임이 되리라. 봄의
화단에서는 특히 한 발씩 빈 땅을 골라 딛고, 선 자리에서
되도록 발을 떼지 않고 일을 마친 후 조심히 나온다. 눈이
앞에만 달린 탓에 뒷발로 밟는 경우가 잦으니 후진은
신중히.

풀내가 오르는 막 깎은 잔디의

가장자리를 정리하기 위해

날을 벼린다

그대로 두어도 가득 예쁜 정원에서

잘 빚어진 아름다움을 해칠까

조심조심 두어 시간을 보낸다

손마디에 까맣게 묻은 흙을 보고

딸아이가 괜찮냐고 묻는다

봄볕에 그을리고 목이 얇아진 아빠가 걱정되는지

소파에 누워 있으면 담요를 덮어 준다

일하고 돌아온 아빠가 반가우면서도

가만히 누워 있어 걱정이 되는지

아들은 배 위에 올라타서 쿵쿵 뛴다

봄의 정원처럼

아이들을 한가득 껴안으면 풀내가 난다

겨울엔 좀처럼 나가지 않고 집 안을 서성이던 고양이
바비도 봄이 되니 마실이 잦다. 아침에 밥을 먹고 나가서는
하루 종일 들어오지 않는다. 무얼 하느라 그리 바쁜가 싶어
가만 보면, 그저 봄볕에 동그랗게 몸을 말고 누워 있다.
오전에는 등나무 위에서, 점심쯤엔 창고 위에서, 저녁이면
무화과나무 위에서. 언제 움직였는지 알 수 없지만
시간마다 가장 볕이 잘 드는 곳에 정확히 자리를 잡고
있다. 열심히 핥은 덕에 갈색 털은 보슬보슬하고, 얼굴에
잠기운이 가득하다.

새들은 알을 낳고 둥지를 꾸리느라 분주하다.
쥐똥나무나 주목처럼 가지가 빽빽한 상록 울타리 속에
작은 가지나 이끼로 소박한 둥지를 튼다. 고양이가
접근하기 힘든, 얽히고설킨 가지 안쪽에 자리해 다행히
안전하다. 사려 깊은 이들은 문 앞에 걸었던 크리스마스
리스를 버리지 않고 정원 한구석에 놓아 두곤 하는데,
전나무 가지며 솔방울, 말린 귤껍질 같은 자잘한 장식들이
둥지의 적당한 재료가 되기 때문이다. 앞으로 한두 달 동안
울타리 속에서는 아기 새들이 재잘거리고 부모 새들은 그
소리가 계속되도록 연신 파리며 지렁이를 나른다.

TV와 신문에는 새들이 둥지를 틀었으니 당분간은
울타리 정리를 미뤄 달라는 공익 광고가 나온다. 울타리가
웃자라 마음이 조급해진 손님들도 지금은 새가 있으니
조금만 기다리자고 말씀드리면 대부분 수긍한다.
봄꽃들만큼이나 새의 노랫소리도 아름다운 정원을 이루는
한 조각이다.

새들에 비해 여우는 다소 눈총을 받는다. 담장을
훌쩍 뛰어올라 화단 곳곳을 뒤집고 창고 밑으로 굴을
파기 때문이다. 특히 정원을 새로 만들면 어디 소문이라도

났는지 반드시 찾아와 애써 심어 놓은 나무를 파헤쳐 놓는다. 그 수가 한국의 길고양이만큼이나 많아서, 처음 런던에 왔을 땐 보고 깜짝 놀란 기억이 있다. 그러나 미운털이 박혔다 해도 자세히 보면 세모꼴의 얼굴, 불그레한 몸통과 길고 통통한 꼬리에 정이 붙는다. 여우 역시 이른 봄에 새끼를 낳는데, 조심성 없는 어린 여우들은 종종 정원 구석에서 놀다가 사람을 마주치면 부리나케 덤불 속으로 뛰어 들어간다. 집에 돌아가 엄마 아빠한테 한소리 들었으리라.

정원에서 가장 사랑받는 동물은 아마 고슴도치일 것이다. 습한 영국 정원의 가장 골칫거리인 민달팽이를 잡아먹는 특성과 작고 통통한 외양으로 갖은 사랑을 받는다. 조심성이 많고 야행성이라 여간해서는 보기 힘든데, 안타깝게도 특히 런던에서 개체 수가 많이 줄고 있다. 인구 밀도가 높아 주택 크기가 점차 작아지면서 정원도 쪼그라든 데다, 높은 담장으로 정원들이 따로 떨어져 있는 탓이다. 그래서 영국 왕립원예학회는 담장 밑에 구멍을 내어 고슴도치가 정원 사이를 넘나들 수 있게 하고, 한구석은 일부러 풀과 나무를

고슴도치가 다니는 길

우거지게 두어 숨을 공간을 마련하도록 독려한다. 정원을 나만의 소유가 아닌 도시 모두의 것으로 보자는 것이다. 미처 치우지 못한 낙엽이 쌓인, 사람이 드나들기에는 좁고 어두운 화단의 깊은 부분은 고슴도치들에게 남겨 주자는 주장이, 정원사인 나에게도 충분히 설득력이 있다.

겨울 동안에도 붉고 푸른 가지로 화단에 색을 더해 주던 말채나무*Cornus sanguinea*와 버드나무가 싹을 낸다. 이제는 봄이 겨울을 덮으니, 자른 단면이 동해를 입을 걱정이 없어 가지치기를 한다. 나무의 가지들은 그해 새로 난 것이 가장 선명한 색을 띤다. 가령 말채나무는 매끈한 수피에 붉은빛이 짙은 가지를 내는데, 해가 갈수록 껍질이 거칠어지고 색이 바랜다. 그러니 선명한 겨울 가지를 보고 싶다면 이른 봄마다 바짝 잘라 새 가지가 돋게 해야 한다. 문제는 꽃눈이다. 꽃눈은 묵은 가지 끝에 맺히므로 봄에 가지치기를 하면 그해 꽃을 포기해야 한다. 그렇다고 꽃을 보겠다며 가지치기를 미루면 새 가지가 자랄 시간이 줄어 겨울 색이 흐려진다. 꽃이냐 가지냐, 갈림길에 서게 된다.

안개나무도 비슷한 상황에 놓인다. 가지 끝에 뭉게뭉게 피는 꽃이 참 예쁘지만, 묵은 가지가 기세 좋게 뻗어 화단에 그늘을 크게 드리우고 잎도 점점 잘아진다. 봄에 바짝 자르면 크기도 줄고 새잎도 훨씬 탐스럽게 돋으나, 역시 꽃눈이 같이 잘려 나간다. 이번에는 꽃이냐

잎이냐, 또 다른 갈림길이다.

정원에선 늘 이런 선택의 순간이 찾아온다. 하나를 얻으면 하나를 포기해야 하고, 이렇게 하면 저런 부분이 아쉽다. 둘 다 쥘 수 있는 묘수가 어딘가 숨어 있을 것만 같아 고심을 거듭하지만, 그런 경우는 많지 않다. 가지를 자를 것인지 남길 것인지, 결국 손에 든 전지가위의 방향을 정하는 것은 나의 몫이다. 가위를 철커덕 오므리고 나면 잘린 부분이 얼마간 허전하긴 하겠지만, 그 밑에서 새 가지가 돋고 나면 왜 그렇게 오래 망설였나 싶어진다. 물론 씁쓸함이 가시는 것은 몇 달쯤 지나야 하니, 지금은 잘린 가지를 수레에 담고 다음 나무 앞으로 건너가면 된다.

4월
다섯째 주
수첩

등나무의 꽃이 부풀고
카마시아는 만개했다
라일락이 향기를 정원에 흘리고
박태기나무의 분홍 꽃은 봄에 알맞다
가장 좋은 것들이 눈앞에 가득하다

알리움의 긴 잎은 조금씩 시들지만

그 힘으로 동그란 꽃망울이 부푼다

뱀무의 주황색 꽃이 피어나고

작약과 목단의 커다란 꽃봉오리도

오늘이나 내일 피어나려 한다

갑자기 내려가는 기온에도

봄 햇살의 생명력은 잎에 곱게 발린다

정원에 숨어서, 꽃을 만지면서

퇴비의 쿰쿰한 냄새를 맡으며

등나무의 꽃이 늘어지길 기다린다

정원마다 있는 크고 작은 담장은 골칫거리로
여겨지곤 한다. 볕을 등지고 선 북쪽 담장에는 이끼가 끼고,
볕을 받는 쪽이라도 벽돌이 그대로 드러나면 삭막하기

때문이다. 오래된 집일수록 담장도 낡아서 금이 가거나 판자가 휜 곳이 한두 군데씩 있다. 새로 칠하거나 고치면 좋겠지만 돈도 들고 품도 들고, 무엇보다 다시 낡는다. 이때 가장 좋은 방법은 덩굴 식물을 심는 것이다. 못생긴 면을 가리면서 꽃까지 피워 주니, 고치는 것보다 낫다.

홑꽃, 겹꽃, 보라, 하양, 분홍, 노랑…… 모양과 색이 셀 수 없이 다양한 클레마티스는 어떤 벽을 맡겨도 실망시키는 법이 없는 대표적인 덩굴 식물이다. 꽃 피는 시기도 봄(4~5월), 여름(6~10월), 겨울(12~1월)까지 고루 퍼져 있어, 잘 조합하면 반년 가까이 아름다움을 이어 갈 수 있다. 다만 예뻐서 심었는데 금방 죽고 말았다는 얘기가 가장 많이 들리는 꽃이기도 하다. 물을 조금만 잘못 줘도 줄기가 시커멓게 변하곤 하고, 품종마다 관리 방법이 가지각색이라 손을 대기가 어렵기 때문이다.

그런 클레마티스의 한글 이름을 알게 된 건 정원사가 되고 4년이나 지나서였다. 큰꽃으아리. 으아리…… 입 밖으로 뱉어 본 적 없는 생소한 단어인데 왜인지 익숙해 웃음이 났다. 데면데면 까다롭게만 여겨졌는데, 야, 이제 너 그렇게 어렵지 않다야. 제임스 리가 알고 보니 이만득 씨.

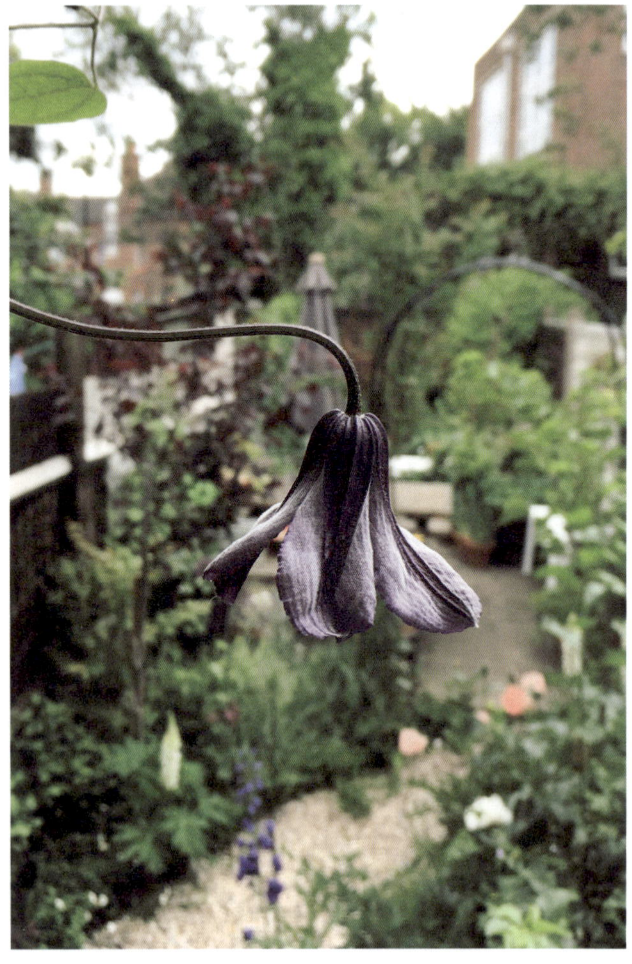

클레마티스 잭매니아이 *Jackmanii*

이름 하나로 긴장이 풀렸다.

　큰꽃으아리는 잎자루로 오르는 식물로, 가지와 잎 사이에 달린 잎자루를 이용해 무언가를 움켜쥐고 위로 자란다. 덩굴 식물마다 오르는 방법이 다른데, 아이비는 줄기에서 나온 공기뿌리로 벽에 달라붙고 장미는 아래를 향해 굽어진 가시를 갈고리처럼 걸친다. 방법은 다 달라도 목적은 하나, 빛이 있는 높은 곳으로 최대한 빨리 올라가는 것이다. 빛은 어디에나 있는 듯하지만 정작 식물에게는 매 순간 경쟁해서 조금이라도 더 얻어 내야 하는 귀한 자원이다. 가령 나무는 빛을 향해 크게 자라지만, 그러려면 단단하고 굵은 줄기가 필요하니 보통 일이 아니다. 강한 바람에 흔들려 부러질 수 있으니 위험성도 다분하다. 덩굴은 그 수고를 건너뛰고 주변의 힘을 빌린다.

　하지만 남을 붙들기 위해 덩굴들은 키를 높여야 하고, 그 키만큼 뿌리에 부담이 간다. 특히 새로 심긴 작은 모종은 어떻게든 빨리 위로 올라가려고 잎과 줄기를 많이 내므로, 화분에 담긴 뿌리로는 감당이 안 된다. 그래서 심을 때 흙 위로 퇴비를 두툼하게 덮어 수분이 유지되도록 하고 반년 정도는 물을 자주 챙겨 주어야 한다. 뿌리를 축축하고 시원하게 돌봐 주면 새 줄기를 쭉쭉 뻗어 뜨거운 볕이 있는 위쪽으로 잘 자란다. 정원에 어느 정도 관심이 있는 사람이라면 클레마티스는 '뿌리는 시원하게, 머리는 뜨겁게' 키워야 한다는 말을 알고 있을 텐데, 뜯어 보면 이런 뜻이다.

대부분의 클레마티스는 겨울에 잎을 떨구지만 사시사철 잎이 푸른 품종도 있다. 그중에서는 클레마티스 아르만디아이가 대표적이다. 광이 나는 길쭉한 잎에 봄이면 덩굴 전체를 뒤덮을 만큼 꽃 인심이 좋다. 다만 한 해에 5미터 넘게도 거뜬히 자라 넉넉한 공간이 필요하다. 못생긴 담장을 하루빨리 가리는 데는 제격이나, 작은 화단에 심으면 몇 달 후에 가지를 잘라 내느라 바빠진다.

같은 클레마티스라도 깊고 기름진 흙에서는 담장 하나를 거뜬히 덮고, 얕은 모래흙에서는 근근이 줄기 몇 개를 올린다. 정원의 위치와 형태마다 식물들이 자라는 모양이 다르고, 하나하나에 다른 세계가 고여 있다. 고슴도치와 여우가 넘나드는 담장, 비가 오면 물이 찰박찰박 고이는 웅덩이, 몇 번을 심어도 영 자리를 잡지 못하는 아스트란티아와 빈틈만 보이면 뿌리를 뻗어 제

땅을 넓히는 빈카*Vinca*. 나이를 많이 먹어 한쪽으로 크게 기울어진 사과나무에는 아이들이 타고 올라가 여기 좀 보라고 소리치던 짱짱한 목소리가 아직 묻어 있다. 몇 년 전 고양이별로 떠난 레오를 묻은 구석에는 꿩의다리가 높게 자라고 인동덩굴은 번듯한 담을 마다하고 자꾸만 무화과나무를 타고 오른다.

클레마티스

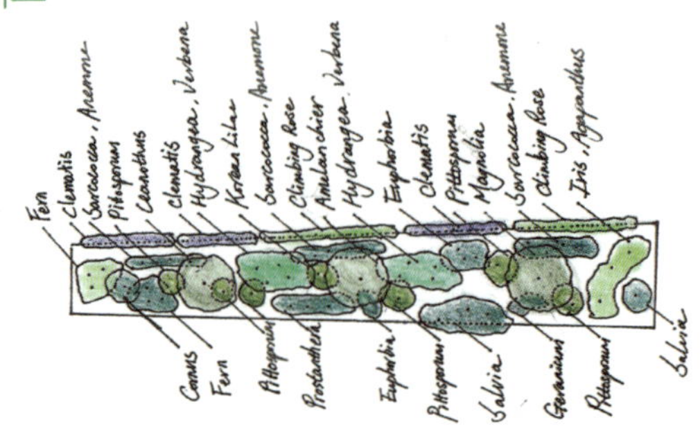

옆집과의 경계에 나무 울타리가 있어,
4월에 특히 화사하게 피는 클레마티스를
심었다. 그 아래로는 여름의 수국,
가을의 추명국, 늦겨울의 천리향을
두었다. 출입이 잦은 앞마당인 만큼, 어느
계절이든 무언가가 피어 있도록 계획했다.

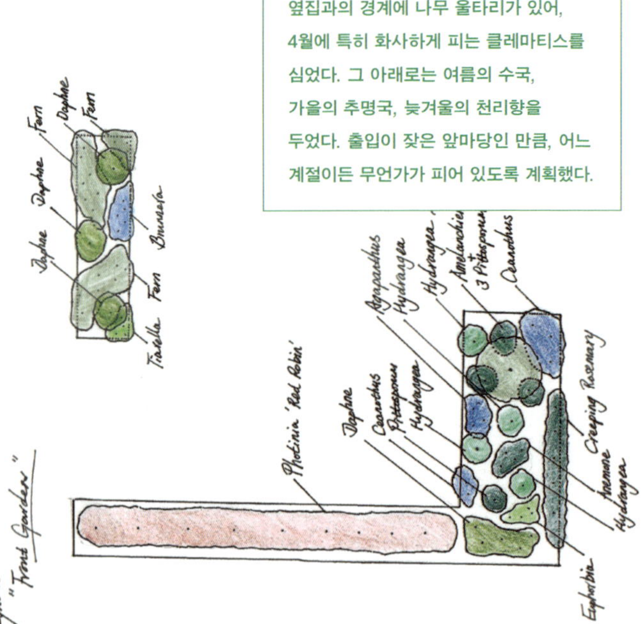

작약

    런던의 주택가는 비슷비슷한 집들이 죽 이어져
있지만 앞마당 울타리의 색과 모양은 저마다 달라
구경하는 재미가 있다. 오늘 출근길에 본 어떤 집 울타리엔
사방팔방 웃자란 가지들이 요란스럽다. 이 집에 사는
사람은 자유분방한 영혼을 가지지 않았을까 상상해
보다가, 울타리에 미처 신경 쓸 겨를이 없이 바쁜 사람일
수도 있다는 생각에 이내 근심 어린 마음이 든다. 그
옆집은 수평자를 놓고 자른 것처럼 반듯하고 모서리에
각이 잔뜩 서 있다. 이 집 주인은 꼼꼼한 편일 게 분명하다.
성격이 제각각인 사람들이 담 하나를 사이에 두고 나란히
사는 풍경이 재미있다.
    생김새가 제각각이어도 울타리들은 충실하게 제

일을 한다. 앞마당의 울타리는 집과 길을 구분 짓는
초록의 경계이자 길 쪽으로 난 창문의 가림막이 되어 준다.
산책하는 사람들에게는 눈을 쉬게 하는 풍경이고, 집
안의 사람들에게는 다른 이의 시선을 막아 주는 든든한
보호막이다. 뒷마당의 울타리는 쥐손이풀과 버들마편초를
바람으로부터 지켜 주고, 이런저런 새들이 둥지를 트는
집이 된다.

　　5월이 되면 울타리 식물들은 봄비를 실컷 마시고는
정원사의 손길을 재촉한다. 초봄, 이제 막 돋은 연두색
새순은 처음 태어난 것들이 으레 그렇듯 하루가 다르게 커
갔다. 그리고 이제 막 자라는 것들이 으레 그렇듯 문득 오늘
보니 훌쩍 자라 있다. 만지기도 아까울 만큼 보드라웠던
새순은 둘째 아이 발목처럼 어느새 단단해져 있다. 정작
나는 그대로인데 많이 달라져 버린 주변에 나를 맞추는
것이 필요한 계절이다.

　　화단 안에 동그랗고 낮게 모양 잡아 키운
상록수들이야 긴 가위로 얼마든지 정리한다 해도 울타리를
다듬는 데는 전동 장비의 도움이 꼭 필요하다. 정해진
시간 안에 일을 마쳐야 하니 기계의 효율성을 무시할 수

없다. 요즘처럼 매일 울타리를 정리하는 계절에는 전날 밤 배터리를 충전해 두는데, 자칫 깜빡하면 곤란해진다. 기름 장비는 이런 수고가 덜하지만 소음과 매연이 독해서 선뜻 손이 가지 않는다. 전동 장비는 충전을 신경 써야 하고 자르는 힘도 다소 약한 대신 가볍고 진동이 덜하다. 뻔한 말이지만 어떤 선택이든 그에 따른 장단점이 있기 마련이다. 그러니 내가 무엇을 더 중시하는지 미리 알아 두면 결정이 빨라진다. 나는 귀가 예민해 소음이 부담스럽고 배터리 충전 같은 번거로움 정도는 기꺼이 감수할 수 있기에, 고민 끝에 선택하는 것은 늘 전동 장비다.

장갑을 끼고 전동 장비의 세 군데 안전장치를 모두 눌러 작동시킨다. 안전장치가 여러 개인 건 위험하니 그만큼 조심하라는 뜻이다. 힘이 센 장비일수록 다칠 위험이 더 크다. 매일 잊지 않고 찾아오는 무시무시한 질문, 오늘 저녁엔 뭘 먹지…… 잠시 고민하는 찰나에 팔이 베일 수 있다. 양발을 벌리고 무릎을 조금 구부려 허리의 부담을 덜고, 울타리의 아랫부분부터 위로 올리며 정리한다. 한 번에 뚝딱 끝내려고 욕심내면 잎이 없는 묵은 가지

안쪽까지 파먹기 일쑤다. 여유를 가지고 쳐낸 다음 다시 한 번, 또 한 번. 여러 번에 걸쳐 조금씩 깎아 내면 실수가 줄고 잘린 가지들을 치우기도 수월하다.

울타리로 심는 관목들은 그대로 두면 무서운 기세로 높이 자란다. 키가 커지면서 빛이 드는 윗부분에 잎을 많이 내고 상대적으로 그늘진 아랫부분은 잎을 떨군다. 하지만 대부분 사람들은 아래부터 잎이 풍성한 모양을 좋아하니 윗부분을 더 많이 깎아 성장의 기운을 안쪽으로 가둔다. 높아서 잘 보이지 않는 위쪽을 바짝 깎고, 옆부분도 위로 갈수록 많이 깎아 비스듬하게 만든다. 아래는 더디 자라고 위는 빨리 자라니 금세 보기 좋은 직선이 된다.

울타리로 흔히 쓰이는 식물은 주목, 사철나무, 돈나무, 쥐똥나무 같은 것들이다.(그러다 보니 가끔 동백이나 채진목 울타리를 마주치면 누구인지도 모를 그 정원의 주인에게 친구 하자 말하고 싶어진다.)

주목은 짙은 초록의 얇은 잎이 빽빽해 고급스러운 매력이 있다. 오랫동안 꼼꼼하게 보살핀 주목 울타리는 작은 울새가 비집고 들어갈 틈조차 없을 만큼 촘촘하다. 묵은 가지까지 자르면 새순이 더디 돋으니 살살 정리한다.

잎이 넓적한 사철나무도 어디서든 불평 없이 잘 자라 울타리로 종종 보인다. 민무늬는 시원한 맛이 있고 노랗거나 흰 무늬가 있는 품종은 화사한 재미가 있다. 초봄 급하게 새잎을 많이 내다가 잎에 흰곰팡이병이 들기도 하지만, 비를 맞으면 쉽게 씻겨 내려가고 멀쩡해지니 크게 걱정하지 않는다. 뉴질랜드 돈나무*Pittosporum tenuifolium*는 주로 세련된 정원의 울타리로 심긴다. 특히 잎이 작고 회색인 실버 쉰*Silver Sheen*, 올리버 트위스트*Oliver Twist*, 크라투스*Cratus*를 자주 심는다.

　　그중에서도 단연 가장 많이 쓰이는 건 동글동글한 잎의 쥐똥나무다. 병충해가 적고 성장세가 튼실하며, 여간 춥지 않으면 겨울에도 잎을 떨구지 않으니 이유 있는 인기라 할 수 있다. 묵은 가지까지 강하게 잘라도 금세 새로 자라니 와장창 잘라도 걱정이 없다. 초여름에 피는 작은 꽃은 달콤한 향기가 좋은데, 울타리로 심기면 한두 달에 한 번씩 정원사가 와서 깎아 꽃눈을 맺을 틈을 주지 않는다. 항상 미안한 마음이 있어 가끔 정원 구석에서 크게 자란 쥐똥나무가 꽃을 피우면 일부러 다가가 향을 맡는다.

울타리와 씨름하는 동안 계절은 봄에서 여름을 향한다. 그 전환에는 전혀 망설임이 없다. 흠 하나 없이 작고 보드라웠던 잎들은 유치가 빠지더니 하루아침에 볼이 홀쭉해진 아이들처럼 오늘 문득 단단해졌다. 담쟁이덩굴은 벌써 울타리를 넘어섰고 라일락은 오므린 꽃 하나 없이 만개했다. 버들마편초는 무엇이 그리 바쁜지 벌써 키를 훌쩍 높였다. 여름부터 늦가을까지 자라고 펴야 할 날이 아직 한참인데, 이러면 어쩌나 싶어 두 뼘가량 자른다. 꽃은 몇 주 늦게 피겠지만 곁가지가 나와 더 풍성해질 테고, 그동안 밑줄기는 단단하게 익어 긴 꽃가지들을 든든히 잡아 주리라.

꽃 중의 꽃, 작약이 피어난다. 식물을 잘 모르는 사람들도 작약의 눈이 부시게 고운 꽃잎만큼은 좋아한다. 잔뜩 움츠린 봉오리에 항상 개미 몇 마리가 단물을 먹으려 붙어 있었는데, 활짝 피니 다른 곳으로 갔는지 보이지 않는다. 굵고 튼실한 뿌리로 땅을 꽉 붙잡고 오래 사는 작약은 비록 짧게 피고 지지만, 그 잠깐의 시간만으로도 정원에 한 자리를 기꺼이 내줄 만큼 곱다. 한번 자리 잡은 뒤에 파서 옮기면 몸살을 앓으니 처음부터 제자리를 잡아 주는 것이 좋다. 꽃은 비슷하지만 작약은 야들야들한 다년생 화초이고 목단은 줄기에 딱딱한 껍질이 생기는 관목이다. 꽃집에서 파는 목단은 뿌리를 잘 내리지 못해 작약 뿌리에 접을 붙여 키운 것이 많다. 그래서 얕게 심으면 작약이 그 뿌리에서 제 순을 올리는데, 그쪽에 힘이 쏠리면 목단의 세력이 약해지니 보일 때마다 잘라 준다.

5월
둘째 주
수첩

오래된 정원을 가꾸고
새 정원을 만든다
흙과 볕이 있는 작은 곳에서
손에 흙때를 묻혀 가며 자른 가지와 심은 꽃을
무엇인가가, 혹은 누군가가 바라본다

물을 주고 울타리에 새로 심을 관목을 고민한다
5월의 둘째 주는 그러기에 좋다

토요일 아침마다 아이들은 한글학교에 간다. 주말에라도 느지막이 일어나 잠옷 바람으로 만화를 보고 싶을 텐데, 투정 없이 교실로 가는 둘째의 뒷모습은 절반가량 책가방에 가려져 있다. 첫째는 이제 웬만한 일에는 불평하지 않고 웃어 준다. 미안함과 고마움이 함께 마음에 뭉친다.

아이들을 보내고 차로 5분 거리에 있는 단골 꽃집으로 향한다. 주차장에 차를 세우고 수첩을 꺼내 다음 주의 일정을 확인한다. 이번 달에 만들기로 한 정원이 다섯 곳, 이제 정말 바쁜 계절이 시작되었다. 꽃집 선반은 모양과 색이 저마다 다른 꽃들로 빈자리 없이 촘촘하고, 계산대 앞에는 이미 줄이 길게 늘어섰다. 기다리는 사람마다 손에 든 꽃처럼 얼굴에 웃음이 가득하다. 꽃집 친구들은 봄볕에 벌써 목덜미가 그을렸다. 활기에 어깨가 잔뜩 올라간 안젤로는 부엽토 세 포대를 한 어깨에 짊어지고 나른다. 무게가 만만치 않을 텐데도 딛고 떼는 발걸음이 가볍기만 하다.

새 정원을 만들 때면 정원이 마치 집처럼 느껴진다.
비록 집 밖에 있지만 집의 연장인 정원에도 나름의 뼈대,
가구와 장식이 있다. 키가 큰 나무는 정원의 전체적인
뼈대를 이뤄 주고 상록 관목은 옷장이나 선반장처럼 일 년
내내 정원을 든든하게 채운다. 작지만 알록달록한 꽃들은
주방 한쪽에 걸려 있는 딸의 '우리 집 정원' 그림처럼
화사함을 더하는 장식이 된다.

뼈대와 가구만 균형 있게 배치해도 8할은 성공이니,
가장 먼저 키 큰 나무와 상록 관목을 공들여 고른다.
나무는 계절마다 다른 볼거리가 있는 것들이면 좋다.
봄에는 꽃을 피우고, 여름에는 열매를 맺고, 가을에는
단풍이 들고, 겨울에는 수형이 드러나는 나무들. 그래서
벚나무, 채진목, 팔배나무, 산딸나무, 라일락, 자작나무를
자주 쓰게 된다. 상록 관목은 돈나무, 향회양목, 은목서,
보리수처럼 병충해 걱정 없이 튼튼하면서도 성장 속도가
너무 빠르지 않아 관리가 편한 것들이 좋다.

그렇게 뼈대와 가구가 마련되면 꽃들로 장식을
더한다. 수국, 샐비어, 등대풀, 개나리, 뱀무, 풍년화……
선택지는 많다. 재스민, 덩굴 배풍등, 클레마티스 같은

점차 모양을 갖춰 가는 찰스 아저씨의 정원. 각양각색의 석판이 바닥을
이루고, 큰 사과나무와 무화과나무가 뼈대가 되었다. 나무고사리와
돈나무로 가구까지 배치했다면, 선갈퀴를 석판 틈에 넣어 장식을 더한다.

덩굴도 몇 개 집는다. 끙끙대며 손수레를 옮기고 있으면
어김없이 꽃집 친구들이 하나둘 말을 건다. 민호는 역시나
흰색이랑 보라색을 잔뜩 집었네. 수국은 도대체 몇 개를
산 거야? 이번 정원에는 고사리 안 심나 봐, 고사리가
섭섭하겠는데! 어쩐 일로 사과랑 배나무를 심어?

안젤로는 언젠가부터 커피를 만들어 건넨다. 한 번의

호의도 반복되면 부담일까 봐 연신 괜찮다고 손사래를
쳐도, 초콜릿이 발린 과자까지 손에 쥐어 준다. 과자는
달고 커피는 너무 뜨겁다. 쥐똥나무 옆에서 커피를 식히며
두 시간 남짓 눈으로 꽃을 좇으니 발바닥이 뜨끈하다.
티셔츠에는 보리수잎에서 떨어진 흰색 가루가 가득 묻었고,
커피는 그새 적당한 온도가 되었다.

꽃과 나무가 가득 담긴 손수레 예닐곱 개를 늘어놓고
한 발 떨어져 본다. 심어야 할 정원의 크기를 떠올리고
눈앞의 식물들을 다시 본다. 이만하면 되겠다 싶으면
그제야 숨을 돌리고, 모자라다 싶으면 조금 더 집어 온다.
손수레에 담긴 식물들에서 이미 이 정원은 예쁘겠다
확신이 든다. 뒤죽박죽 섞여 있는 녀석들을 살살 풀어
정원에 곱게 바르는 일만 남았다.

계산을 마치니 12시 45분. 1시 15분쯤 아이들을
데리러 한글학교로 출발해야 하니 30분 정도 남아 있다.
점심 먹기에 딱 알맞은 시간, 꽃집 가장자리에 덩그러니
놓인 벤치에 앉아 매운 고추가 든 이탈리아식 빵을
먹었더니 입술가가 얼얼하다.

배가 부르자 주변에서 풀의 숨 내음이 코에 가득

들어찬다. 볕을 향해 잎과 꽃을 한껏 드러내고 조용히 내뱉는 숨결마다 단 풋내가 들었다. 딱총나무꽃의 비릿한 단내, 로즈메리의 뭉근한 풀내, 달리아를 심으려고 파 놓은 흙의 구수함. 여기저기 귀퉁이에 자란 풀은 길쭉한 잎 사이에 지렁이의 숨을 품었다. 지는 라일락에서도, 이제 막 꽃대를 올리는 라벤더에서도, 보기 좋게 갈라진 도토리나무의 수피 틈새에서도, 샐비어 화분을 적시는 수돗물에서도, 팔에서 몽글몽글 맺히기 시작한 땀방울에서도, 개구리밥에 덮여 가는 연못에서도, 곁순을 딴 토마토에서도, 그 모든 것 속에서 완전한 지금이 숨을 내뱉는다.

올해 런던의 봄은 빠르게 찾아왔다. 4월부터 20도를 웃도는 봄볕이 식물들을 깨웠고, 성장의 기세는 기온이 다시 낮아져도 꺾이지 않았다. 한번 시작된 흐름은 여간해서 멈추지 않는다.

중심의 잔가지를 자르고 세력 좋은 긴 가지만 남긴

병꽃이 화사하게 만개했다. 삐죽 솟았던 가지는 주욱 줄지어 핀 꽃의 무게에 보기 좋게 아래로 기울었다. 꼿꼿할 때는 젊음의 활기가 돋보였고, 꽃을 돌보느라 늘어진 가지에는 책임의 무게를 지는 듯한 성숙함이 들어 있다. 사과와 배나무의 꽃이 진 자리에는 콩알만 한 열매가 달렸다. 여름의 해 기운을 받아 만든 단물을 부지런히 먹이면 과일은 점차 살이 오를 것이다. 그 작은 것들의 무게를 견디며 나무줄기는 굵어지고 뿌리는 깊어진다. 감당해야 할 것들이 많아질수록, 그 무게가 오히려 나를 굳게 지탱하는 버팀목이 되는 것처럼.

서리의 위험이 없고 낮의 열기가 새벽까지 남아 있는 5월 중순은 채소를 심기에 좋다. 상록 관목이 진열되어 있던 꽃집이 어느새 멋스러운 본잎을 단 토마토, 피망, 오이, 가지, 옥수수로 채워진다. 토마토는 같은 것이라도 색과 모양이 천차만별이라 고르는 재미가 있다. 우리는 토마토 언제 심냐고 물어보던 아이들이 생각나, 손님들 정원에 심을 것들을 사면서 우리 집에 가져갈 것들도 몇 개 샀다. 좋아서 방방 뛸 것을 생각하니 벌써 웃음이 난다.

집에 돌아와 아이들에게 커다란 화분과 부엽토 몇

자루를 줬더니 역시 신이 나서 조물조물 심는다.

"토마토는 줄기에서도 뿌리가 나오니까 구멍을 깊게 파야 해."

"오이는 왜 하나만 샀어?"

"오이는 엄청 커지니까 하나면 충분하거든."

"피망에 벌써 열매 있다!"

"응, 아빠도 봤어. 나중에 익으면 먹자."

"아빠, 이거는 뭔데?"

"이건 가지. 오버진*Aubergine*."

"으악, 싫은데……."

"왜, 요리해 먹으면 맛있어. 아빠가 해 줄게."

먹으려고 키우는 작물은 수확이 중요하니 조금 더 신경 써야 한다. 큼지막한 화분에 기름진 새 부엽토를 채우고 심은 후 볕이 잘 드는 곳에 자리를 잡아 준다. 자리가 좋으면 식물도 안다. 비옥한 흙과 충분한 볕을 즐기며 자란 토마토나 피망은 새순에 진딧물이 꼬여도 아랑곳하지 않는다. 병충해는 주로 건강하지 않은 식물이나 식물의 약한 부분을 파고드는데, 튼튼하게 자란 식물은 스스로 보호막을 만들기 때문이다. 방제보다는 튼실하게 자랄 수 있는 환경을 만드는 것이 우선인 이유다. 그늘에 대충 심어 둔 토마토는 비료와 방충제를 아무리 줘도 비실비실하다.

지난 여름에 부모님 시골집 근처의 토마토 비닐하우스에 갔다. 자기 키보다도 훨씬 큰 토마토가 끝없이 늘어서 있고, 빨갛게 주렁주렁 달린 방울토마토에 아이들 눈이 휘둥그레졌다. 영국에서 놀러 온 손주들이 토마토가 먹고 싶다 해서 왔다고 하니, 주인 분은 먹고 싶은 만큼 따 먹어 보라며 웃으셨다. 신난 아이들 입으로 토마토가 쉴 새 없이 들어가고, 어른들은 자기 입에 들어가는 것처럼 배불러 했다.

이제 런던의 집에서도 토마토를 따 먹으며 웃는 모습을 볼 수 있을까. 토마토를 다 심은 아이들이 아빠, 이제 물 줘야 하지? 묻는다. 정원사 아빠 탓에 다른 친구네 정원처럼 방방이도 없이 식물들만 가득한데, 손에 검은 흙때를 묻히고 웃음을 보내 준다. 이번에도 고마움과 미안함은 함께다.

　

초봄에 꽃 피웠던 관목들의 가지를 친다. 개나리, 동백, 명자, 구슬댕댕이, 천리향…… 하나하나 짚어 보니 올봄에도 정원에는 꽃들이 충분했다. 이제 가지를 치고 남은 한 해 푹 쉬게 두어야 내년 봄에도 부족함이 없으리라. 긴 가지를 삐죽하게 올리는 개나리는 내년 봄꽃이 필 높이를 생각하며 자른다. 묵은 가지는 자꾸 휘어지니 가장 묵은 몇 개를 톱으로 밑동까지 자른다. 그렇게 매해 조금씩 솎아 내면 나무에 생기가 돌고 중심이 열려 바람이 잘 통한다. 동백은 야박하게 할 것 없이 옆자리와 겹치는 부분만 가볍게 손본다. 굵은 가지를 잘라 내도 금세 새 가지를 낼 만큼 단단한 면이 있어, 크기를 많이 줄이고 싶을 때 염려가 덜하다. 명자나무는 철사를 대어 키웠을 경우에는, 앞쪽으로 돋아나는 새 가지를 잘라 납작하게 하고, 윗부분을 한 뼘이나 두 뼘 정도 잘라 성장의 기운을 중심으로 모은다. 자연스레 자라는 명자는 원하는 모양에 맞춰 자른다. 곁가지를 많이 내기 때문에 동글게든 네모지게든, 어떻게 모양을 잡아도 무던히 자라 준다.

올해의 첫 꽃을 틔운 장미는 작년 겨울의 가지치기 덕에 늘어진 가지 없이 소복하다. 몇 주 전 아직 피지 않은 봉오리에 진딧물이 그득 앉았는데도 아랑곳하지 않았다. 장미의 첫 꽃은 봄의 끝자락, 여름의 시작을 알리기에 모자람이 없다.

요즘 정원에 심기는 관목장미의 대부분은 야생 장미를 개량한 품종들이다. 한 송이 한 송이가 닮은 듯하면서도 제각각인 건 그 꽃을 빚어낸 이름 모를 이의 긴 시간 때문이다. 서로 다른 장미를 털붓으로 일일이 수정시켜 맺힌 씨앗이 뿌려지고, 하나의 씨방에서 맺은 수많은 씨들은 공깃밥처럼 포슬포슬하게 갈린 흙에 닿아 발아하고 자란다. 작은 씨앗은 고유한 특질을 담고 있어 뿌리를 내리고 가지를 뻗고 각기 다른 색과 모양, 향기를 가진 꽃을 피운다.

발아한 후 꽃이 피기까지 수년이 걸리는 성숙의 과정 동안 누군가의 눈길이 끊임없이 닿는다. 손때가 묻은 작은 수첩에, 손쉽게 관리할 수 있는 크기, 꽃잎의 크기, 개수, 향기, 병충해를 견디는 정도 등이 꼼꼼하게 적힌다. 어떤 날은 후드득 떨어지는 빗방울에 종이가 쭈글쭈글 울고,

민들레를 뽑느라 묻은 흙으로 수첩의 한쪽은 화단이 된다.

　원하는 특성을 가진 꽃들을 다시 수정시켜 강화하고,
때로는 서로 다른 두 꽃을 섞으며 아직 만나지 못한 그
새로운 꽃을 마음속에 틔운다. 씨앗을 맺는 데에 반년,
꽃을 피울 수 있을 만큼 자라는 데에 다시 2~3년. 누군가는
조금 더 거칠어진 손에 새로운 공책을 들고 사과 향이 나는
옅은 살구색 장미를 꿈꾸었을 테다. 어느 초여름 터질 듯
강하고 티 없이 순수한 기쁨으로 만났을 그 장미가 지금
우리의 정원에서 피고 있다.

5월
다섯째 주
수첩

바람이 많이 분다

정원에도
산미나리 뿌리를 캐는 손을 바라보는
눈 안쪽 어두운 곳에도

장갑을 벗고 손목의 흙을 털어 내는데

작은 가루들이 부옇게 일어선다

떨어져 나와 단단히 굳어 버린 나의 작은 조각들
이 속에서 떨어졌으니 이쯤일 텐데
거기가 어딘지 보이지 않는다

다시 가라앉혀 굳히기 위해 가로질러야 하는
둥둥
먼지가 뿌옇게 뜬 길

그래도 만들어야 하는 나무 화단
아직 흙에 심지 않아 잎끝이 조금씩 말리고 있을
흰 꽃의 노루오줌
우선은 확실한 그 꽃을 향해 간다

두세 주 환하게 피고는 후드득 떨구겠지만
지금 피어 있는 꽃에는
곧 떨어질 두려움 하나 없으니,
정원에 가서 검고 기름진 새 흙에 우선 심어야 한다

토요일 아침, 토마토 모종을 심으려고 부엽토 포대를 들다가 허리를 삐었다. 작은 화분에서 웃자란 녀석들을 평일 내내 지켜만 보다가, 주말에 일어나자마자 잠옷 바람으로 나선 것이 화근이었다. 간밤 부드러워진 허리를 예열할 틈 없이 구부렸고 곧이어 뜨끔, 푹 찌르는 통증. 무릎에 올린 손에 힘을 주며 일어서려고 하니 오른쪽 아래 허리가 아프다. 주말 동안 쉬고 나면 괜찮겠지, 했는데 월요일 아침까지도 쑤셔 온다. 심어야 할 화분도, 정리해야 할 울타리도 많은데 이를 어쩌나.

8년 전이었나, 정원에서 잔디를 깎던 중 한구석의 원목 테이블이 걸리적거려 치우다가 부상을 당한 적이 있다. 머릿속은 이미 다음 정원 생각으로 가득 차 있어, 한 손으로 모서리를 대충 잡고 당겼더니 곧바로 통증이 허리를 찔렀다. 그러고는 꼬박 2주일을 누워 있었다. 그해부터는 아무리 조심해도 연례행사처럼 일 년에 한 번씩은 허리 때문에 고생을 하는데, 올해는 5월인가 보다. 새로 만들 정원도, 시든 꽃을 꺾어 낼 장미도, 한껏 살이 오른 울타리도 나를 기다리고 있지만 우선은 쉬어야 한다.

시간이 너무 빠르게 흐른다. 뻔한 말이지만 가볍지만은 않은 것은, 반복을 지켜본 횟수가 쌓이기 때문이다. 눈앞에 핀 꽃도, 무화과나무를 오르내리는 아들의 보드라운 복사뼈도, 일요일 오전 10시쯤 정원 가득한 봄볕도 잠깐 머물다가 곧장 과거로 흘러간다. 기억하고 저장하려 애써도 손에 잡히는 것은 전지가위나 모종뿐, 시간을 붙들어 맬 도구는 가지지 못했다. 당장 화분에 물을 주더라도 표면을 적신 물은 금세 아래로 흘러, 순간이 과거로 사라지듯 흙 속의 어딘가로 사라진다.

하지만 정말 사라지고 마는 걸까. 흙 아래로 스민 물은 뿌리가 머금어 가지로 보낸다. 잎을 틔우고 꽃을 피우며 열매를 맺는다. 물은 흙으로 빨려 들어가 물이 아닌 다른 모습으로, 가령 잎과 꽃과 열매로 다시 솟아난다. 그러니 보이지 않는다고 물을 주지 않을 수 없다. 그 순간들은 어디선가 곱게 쌓이고 어떤 형태로든 다시 솟아난다. 이처럼 시간을 붙들 수는 없지만 영영 사라지지도 않는다는 것을, 정원은 가르쳐 준다.

사이먼과 제시카의 정원

작약

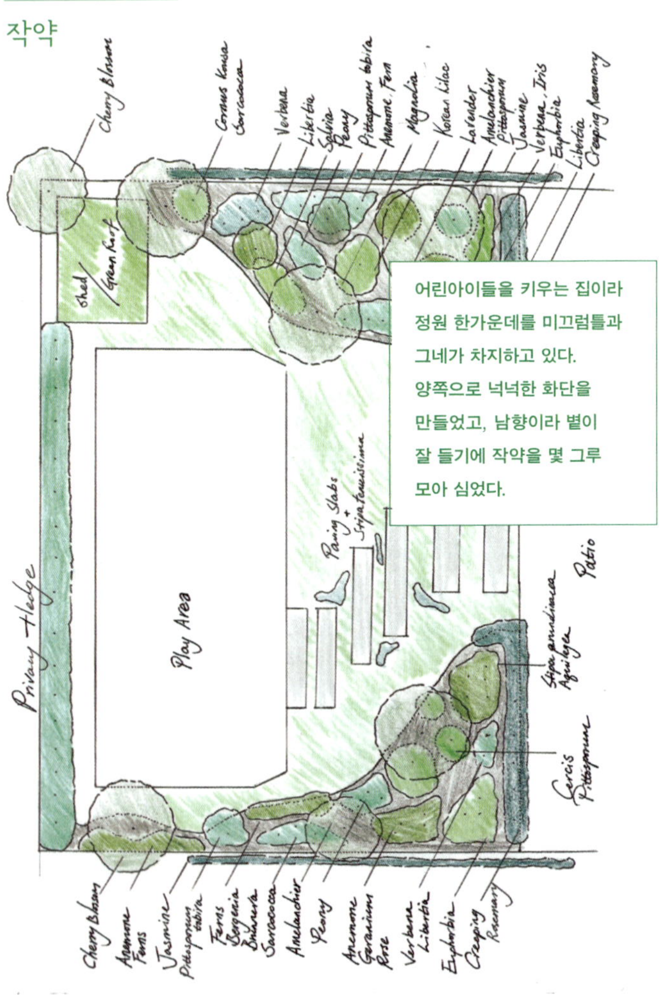

어린아이들을 키우는 집이라
정원 한가운데를 미끄럼틀과
그네가 차지하고 있다.
양쪽으로 넉넉한 화단을
만들었고, 남향이라 볕이
잘 들기에 작약을 몇 그루
모아 심었다.

여름

6월
쥐손이풀

아직은 반소매 차림으로 일을 나서기엔 춥다. 오래 입어 볕에 색이 바랜 남색 면 재킷을 걸치면 어제의 냄새가 난다. 퇴비를 깔았으면 쿰쿰한 흙 냄새가, 쥐똥나무 울타리를 정리했으면 나무 냄새가 난다. 손을 넣기 좋게 널찍한 주머니에도 잎과 가지, 퇴비 가루가 한가득 들어 있다. 벗어서 털어 내면 그만이지만 무얼 또 그런 수고를 들이나. 차에 시동을 걸고 출발한다. 그렇게 어제가 묻은 채로 오늘을 시작한다.

어둡고 축축한 런던의 겨울은 길었다. 아침 10시나 되어서야 무거운 구름에 덮인 하늘이 찌뿌둥하게 기지개를 켰고 점심나절에는 비가 주룩주룩 왔다. 오후 2시에 이제야 조금 밝아지나 싶더니 4시면 해가 지고 금세 어두워졌다.

기온은 한국의 겨울에 비할 바 아니지만, 적은 일조량으로 치면 런던의 겨울도 나름 궂다.

그렇게 긴 겨울을 지나왔으니 봄이 얼마나 반가웠을까. 전화와 이메일로 손님들에게 연락이 왔고, 일정이 빽빽해도 거절하기보다는 꿍꿍대며 어떻게든 해보는 쪽이 더 편해 하루하루 정신없이 보냈다. 그렇다고 계절이 정원사를 기다려 주진 않으므로, 4월과 5월은 겨울의 묵은 때를 정리하고, 새로운 정원을 만들고, 퇴비를 덮느라 분주했다. 해가 떠 있는 동안에는 눈앞의 정원을 돌보고 해가 진 저녁에는 내일을 위해 잔뜩 웅크리고 잠을 자야 했다.

오래된 손님들뿐 아니라 새로운 손님들도 연락을 해온다. 봄은 새로운 꽃과 나무를 심기 좋은 계절. 겨우내 잊고 있던 정원이 봄볕에 유난히 초라해 보이니 다들 새 단장을 하고 싶어 한다.

의뢰를 받으면 문자나 전화로 어떤 도움이 필요한지 간단히 물어본다. 비교적 쉬운 일일지라도 즐기지 않는 일이 있고, 아무리 힘들어도 기꺼이 하고 싶은 일이 있다. 일의 난이도나 일정의 문제가 아니라, 내가 타고난 그릇의 모양과 크기에 맞는 일이 있기 때문일 테다. 그것을 인정하고 나면 나와 맞지 않는 일은 정중히 거절할 수 있게 된다. 도움이 필요한 일이 마침 내가 즐겁게 할 수 있는 일이면, 약속을 잡아 새 손님의 정원에 방문한다.

수많은 정원을 만나는 게 일인데도, 새로운 정원으로 걸어 들어갈 때마다 매번 가슴이 두근거린다. 평범한 사람들이 사는, 크기도 비슷비슷한 정원들이지만, 들여다보면 그 안에는 저마다의 특별함이 어떤 형태로든 드러나 있다. 그 특별함을 발견하는 순간이 기쁘다.

정원을 함께 둘러보며 어떤 모양새와 분위기의 정원을 바라는지 들어 본다. 원하는 것이 확실한 손님도 있고, 무언가 바꾸고는 싶은데 갈피를 잡지 못하는 손님도 있다. 어떤 쪽이어도 괜찮다. 대화를 나누며 조금씩 알아 가면 될 일이다. 그러기 위해 보통 이런 질문을 던진다.

"지금 정원의 어떤 부분이 좋은가요? 마음에 안 드는 부분은 어딘가요?"

"화단 크기에 만족하나요? 아니면 너무 크거나 작다고 느끼나요?"

"잔디, 방부목, 석판 등 앉을 수 있는 공간이

충분하다고 느끼나요?"

"혹시 가리고 싶은 창문이 있나요?"

"한눈에 들어오는 확 트인 정원, 그리고 숨겨진 구석이 있어 저 뒤에 뭐가 있을까 궁금하게 만드는 정원 중 어느 쪽이 좋으세요?"

"새로운 꽃과 나무들을 심으면 예쁜 만큼 공을 들여 가꿔야 하는데, 괜찮나요?"

"손이 많이 가더라도 예쁜 화단과 관리가 편리한 화단 중 무엇을 더 선호하나요? 혹은 그 중간쯤?"

"좋아하는 색이 있나요? 파랑, 하양, 연분홍…… 섬세한 색이 좋은지, 빨강이나 노랑처럼 화려한 색이 좋은지 알려 주세요."

"꼭 심었으면 하는 화초나 나무가 있나요?"

마지막으로 중요하지만 어려운 질문, "예산은 얼마쯤 생각하고 있나요?"

쉽게 대답하는 질문, 조금 생각이 필요한 질문, 한 번도 생각해 보지 않은 듯한 부분이 사람마다 다르다. 중간중간 끼어들어 내가 알고 있는 것을 덧붙이고 싶은 마음이 생겨도 우선 듣는 일에만 집중한다. 내 이야기를 많이 하기보다 상대의 말을 충분히 들어 줄 때 친밀감이 높아진다. 하고 싶었던 말은 어두운 거실 작은 책상에 앉아서 하면 된다. 정원을 만드는 것도 결국에는 사람과 사람의 일이니, 관계를 잘 쌓아 둬야 앞으로의 과정이 수월하다.

경청하는 자세로 대화하면서 정원주의 취향과 결정의 방식, 대략의 성향을 어렴풋이 파악한다. 오랜 외국 생활로 익힌, 상황을 재빠르게 파악하기 위해 들키지 않게 눈치 보는 버릇이 이럴 때는 쓸모가 있다. 최대한 많은 질문을 하고, 돌아온 답변을 수첩에 적어 가며 듣는다. 이런 것까지 알아 둘 필요가 있으려나 싶은 것조차도 적어 두면 언젠가 반드시 도움이 된다.

정원의 크기와 해의 방향, 정원주가 원하는 것을 찬찬히 생각하고 정해진 예산 내에서 의미 있는 변화를 만드는 것을 우선으로 한다. 정원주의 기대와 나의 욕심으로 마음이 복잡해지면, 행동으로 이어지지도 않을 고민을 멈추고 먼저 손에 익은 몽당연필을 꺼낸다. 그리고 흰 종이 위에 선을 긋고 점을 찍는다. 앞에 놓인 일에 비해 몇 개의 선과 점을 그리는 일이 보잘것없게 느껴져도, 당장 손끝이 움직이니 마음은 차분히 가라앉는다. 가을 석양이 온 곳에 드리운 초저녁 정원에서, 아침 비에 깨끗이 씻긴 단물 가득한 사과를 따서 먹는 꿈같은 일들도 삽 머리를 땅에 쿡 밟아 넣는 단순한 행동에서 시작한다.

정원을 설계할 때 종이 위에 가장 먼저 자리를 잡는 것은 큰 나무와 상록수다. 이 뼈대만 균형 있게 놓이면 작은 것들은 그 사이에 어떻게 들어가도 조화롭다. 다만 어디에 무엇을 심을지는 그 정원의 구조와 쓰임에 달려 있다.

앞마당 현관문 근처나 뒷마당 초입에는 천리향, 향회양목, 미스킴라일락, 삼지닥나무처럼 향기 좋은 꽃을 피우는 관목을 심어 두면 좋다. 화단의 위치도 고려해야 한다. 볕이 잘 드는 화단에는 관목 샐비어, 자주 군자란, 버들마편초, 나비바늘꽃, 로즈메리, 라벤더를 놓고 그늘진 화단에는 고사리, 맥문동, 뿔남천, 팔손이를 둔다. 물기가 많은 땅에서는 부처꽃, 창포, 수국, 말채나무, 노루오줌 같은 것들이 잘 자란다.

　또한 기가 막히게 화려하지만 비실비실한 꽃 열 송이보다는 수수하더라도 튼실하게 잘 자란 하나가 화단에는 더 낫다. 야외 결혼식처럼 단 하루를 위한 배치라면야 상관없겠지만, 화단은 내일도 모레도 거기 있으니 안정감이 먼저다. 하지만 달팽이가 계속 꼬여 화단에서는 키우기 어려운 델피니움과 옥잠화는 '지금' 눈앞에 이토록 눈부시니, 일단 화분에 심고 매 계절 새것으로 바꿔 심는 수고를 들이곤 한다.

　새로운 정원을 만들고 나면 한동안은 식물들이 자리를 잘 잡을지 걱정이 된다. 이제 막 꽃집에 진열된 예쁜 꽃을 고르고 골라 조심스럽게 심었는데, 일주일 뒤에 바짝 말라 죽어 있으면 그리 허망할 수가 없다. 제 일은 건강한 식물을 사서 최대한 옳은 방법으로 심어 주는 것까지입니다, 그러니 저는 모르는 일입니다, 하고 무조건 시치미를 떼는 것은 성미에 맞지 않는다. 손님 입장에서도 심었을 때는 분명 예뻤으니 정원사 잘못이라고 무작정 탓하지 못한다. 그런 난처한 경험을 몇 번 하고 나서는 손님들에게 물을 자주, 그리고 듬뿍 줘야 한다고 재차

강조한다. 네, 그럴게요. 원하는 대답을 들은 후에도 꽃집 선반에 진열된 화분들은 물을 얼마간 머금을 수 있는 굵은 부직포 위에 놓여 있고, 직원들이 적어도 하루에 한 번, 덥고 바람이 많이 부는 날에는 아침저녁으로 분주하게 물을 줘야 겨우 살려 낸다고, 그 정도의 수분기에 익숙한 꽃들을 정원에 새로 심으면 적어도 한 달 정도는 비슷한 양과 횟수로 물을 챙겨 줘야 한다고 한참을 얘기한다. 볕이 잘 들고 물 빠짐이 좋은 흙에 심었다면 물을 특히 자주 줘야 한다. 라벤더나 꿩의비름처럼 건조한 땅에서 잘 크는 식물이라도 처음 한 달 동안은 물을 충분히 준다.

농장에서 출하된 후 꽃집에 진열된 식물들은 잎이 풍성한 데 비해 뿌리가 부족하다. 화분이 놓이는 공간이 곧 비용이니, 생산자들은 각 화분의 크기를 줄임으로써 총수를 늘려 최대한의 이익을 내고자 한다. 게다가 대부분의 소비자도 보이지 않는 뿌리의 튼실함보다는 잎과 꽃의 풍성함을 중요하게 여긴다. 농장에서는 잎과 꽃이 풍성한 식물을 키우기 위해, 잎의 수분이 적게 증발하도록 비닐하우스의 습도를 높이고 물과 비료를 자주 공급한다. 배가 고프기도 전에 물과 비료가 채워지니,

식물들은 굳이 힘들게 뿌리를 내릴 필요를 느끼지 못한다.
포근한 비닐하우스 안에서 살이 포동포동 오른 식물들은
때가 되면 철제 수레에 차곡차곡 실려 곳곳의 꽃집으로
옮겨진다.

그렇게 곱게, 혹은 다소 부자연스럽게 키워진 화분이
런던 주택가의 크고 작은 정원들에 심긴다. 새 뿌리를
내리려니 땅은 거칠고 차가운 바람은 매서운 데다가,
잎에 무언가 달라붙어 단물을 빨아먹어 댄다. 따스하고
포근했던 비닐하우스가 그리울 테다. 그런 식물들에게
이제 여기가 새집이니 알아서 잘 적응하라며 등을 돌리는
것은 가혹하다. 단물을 듬뿍 주고 옛 생각에 서글프지
않도록 자주 말을 걸고 도닥여 줘야 한다.

지난달에 단골 꽃집에서 아직 꽃봉오리가 터지지
않은 산딸나무를 몇 그루 사 두었다. 언제 어디에 심을지도
모르면서 미리 산다고 놀리는 꽃집 친구들에게, "지금은
꽃이 안 피어 사람들이 찾지 않지만 피기 시작하면 예뻐서

구하기 힘들어질 테니까." 하고 설명하니 그건 그렇지, 하며 금세 수긍한다.

　　동백, 단풍, 라일락 같은 나무들과 달리 산딸나무는 아직 잘 알려지지 않았다. 산딸나무는 초여름에 희거나 분홍의 헛꽃잎이 달린 큰 꽃을, 가지가 뻗어 나가는 방향에 따라 열을 지어 피워 낸다. 어린나무는 졸졸 피어오르지만, 오래 묵어 가지가 엉겨 붙으면 잎이 보이지 않을 만큼 나무를 온통 뒤덮으며 핀다. 나무에 피는 꽃은 보통 꽃잎이 작고 자잘하기에 꽃이 큰 산딸나무는 정원에서 더욱 귀중하게 여겨진다. 한 달간 넉넉히 꽃을 보여 주고, 헛꽃잎이 떨어지고 나면 중간에 있는 진짜 꽃 알갱이가 부풀면서 빨갛게 익는다. 오돌토돌한 표면이 딸기와 언뜻 닮아서 이름도 산딸나무, 산에서 나는 딸기다. 꽃이 지고

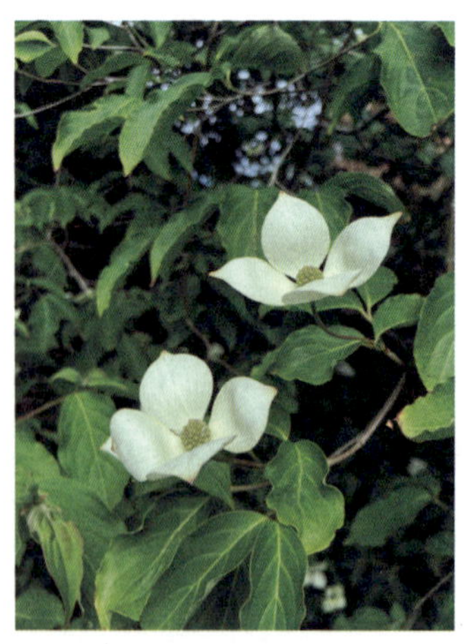

좋아하는 산딸나무의 흰 꽃

나면 가지가 천천히 자라는데, 어디로 자라는 게 좋을지 생각하는 듯 하나하나의 뻗음이 신중하다.

알론의 정원에 심은 산딸나무가 잘 익은 어느 해였다. 함께 일하던 상윤이에게 이리 와 어서 저 열매 좀 보라고 재촉했다. 상윤이는 금세 검색해 보더니, 먹어도 되는 열매라는데요! 외치고는 주저 없이 껍질을 까서 덥석 입에 넣었다. 배탈이 날까 걱정도 잠깐, 생각보다 맛있다며 배시시 웃는 얼굴에 따라 웃음이 났다. 혼자 먹고 배 아프면 억울할 테니 나도 하나 입에 넣었다. 생김새와는 달리 감과 비슷한 맛이 난다.

영국에서 정원사 공부를 할 때 산딸나무의 고향이 한국, 중국, 일본이라고 해서 갸우뚱한 적이 있다. 은행나무, 단풍나무, 소나무와 달리 산딸나무는 한국에서 본 기억이 없었기 때문이다. 그냥 그런가 보다, 별다른 생각 없이 지내다가 초여름에 한국에 간 어느 해, 시골 국도변에 산딸나무가 끝도 없이 피어 있는 걸 보았다. 여기가 고향이라더니 정말 부어 놓은 듯이 피어 있구나 싶었다. 여름이 건기인 런던에서는 일주일만 비가 오지 않아도 잎이 축 늘어지던 나무가, 여기서는 장맛비를 맞으며 거침없이 자라나고 있다. 고향이란 그런 것인가 보다.

올해 영국의 6월 20일은 한 해 중 낮이 가장 긴
날이라, 10시가 넘어서도 해의 그림자가 정원에 부옇게
서려 있다. 고양이 바비는 볕 기운이 훈훈하게 남은 지붕에
널브러져 있고 옆집 아이들은 아직도 정원에서 재잘거리며
놀고 있다. 얼마 전까지만 해도 새로 틔운 꽃으로 가득했던
장미도 1차 개화의 기세가 수그러들었듯이, 긴 하루도 곧

온기가 남은 자리를 찾아 누운 바비

어김없이 저물어 갈 것이다.

보기 좋게 자리 잡은 장미의 틀가지 밑에 연한 파란색의 쥐손이풀이 가득하다. 쥐손이풀은 품종이 수백 가지에 이르는데, 특히 로잔*Rozanne* 품종의 꽃이 크고 튼실하다. 세력 좋은 관목 밑 그늘지고 건조한 땅에서도 힘든 기색 없이 잘 자란다. 또 다른 품종인 파이움*Phaeum*은 초봄에 꽃을 피운 후 지금은 모두 시들었으나, 초여름에 잎과 꽃대를 모두 잘라 주면 한여름에 꽃을 한 차례 더 볼 수 있다. 로잔이 어려워하는 깊숙한 그늘에서도 꽃을 잘 피워 낸다.

봄 내내 연두색의 꽃이 고왔던 등대풀은 이제 씨를 맺으며 점점 갈색으로 변한다. 등대풀은 가지마다 2년 주기로 꽃을 피우는데, 올해 꽃을 피운 가지는 그다음부터 꽃을 피우지 않으니 잘라 낸다. 헌 꽃을 한 손으로 잡고 다른 손으로는 아래까지 내려가 가지 밑동부터 자른다. 쪼그려 앉거나 무릎을 짚어야 해 귀찮지만, 시든 꽃만 댕강 자르면 거기서 새순이 돋아 가지 높이가 들쭉날쭉해진다. 안쪽으로 촘촘히 난 새 가지들은 올해 동안 키를 높이다 내년에 꽃을 물 것이다.

등대풀은 자연 발아가 잘 되어서, 화단에 여유 공간이 있으면 씨앗이 여물어 떨어질 때까지 기다렸다가 자르기도 한다. 가지 속에 흐르는 우유색 진액은 마르면 잘 씻기지 않고, 민감한 피부에 닿으면 가려울 수 있으니 화단 저쪽에 던져 둔 장갑을 부러 찾아온다. 특히 진액이 눈에 들어가지 않도록 조심해야 한다. 사람에겐 조금 성가시지만 이처럼 진득한 진액이 줄기에 가득한 덕에 땡볕이 드는 마른 땅에 심어도 잘 견딘다.

긴 가지를 시원스레 뻗은 고광나무는 흰 꽃을 피우며 존재를 알리고 있다. 다른 꽃들을 정리하려고 서두르며 걷다가 훅 풍기는 단내에 고개를 돌려 보면, 화단 뒤쪽이 온통 흰 고광나무꽃으로 뒤덮여 있다. 가지가 이리저리 뻗친 탓에 향이 아니었다면 알아채지 못했을 것이다. 아쉬운 마음에 낮고 단정하게 가지치기를 해 보지만 곧 길쭉한 새 가지를 사방으로 내밀며 어지러운 모양으로 돌아온다. 그럴 땐 그냥 마음을 놓아 버린다. 너는 그렇게 자라는 것이 편해 보이니 그럼 그렇게 하자.

첫째는 갓난아기일 적 참 많이도 울었다. 배고프다고, 방귀가 안 나온다고, 부드럽게 달래지 않는다고. 방에서는 쉽사리 낮잠에 들지 않아 유모차에 태워 밖을 걸어 다녀야만 눈을 붙였다. 그렇게 보채다가도 저녁 7시면 잠에 들어 다음 날 아침 7시까지 내리 열두 시간을 깨지 않았다. 둘째는 신기하게도 정반대였다. 낮에는 웬만한 일로는 칭얼대지 않고 싱글싱글 웃다가, 해가 지면 눈을 동그랗게 뜨고 울기 바빴다. 겨우 세 살 터울, 부모의 서투름은 비슷할 텐데 어쩌면 이렇게도 다를까. 시간이 한참 지나서야 아이들은 각자의 특별함을 품고 있다는 것을 깨달았다.

고광나무도 마찬가지다. 태어날 때부터 지니고 있던 고유함은 억지로 틀에 맞추려 해도 좀처럼 바뀌지 않는다. 그러니 비실비실한 아래쪽 가지를 잘라 내고 위쪽 긴 가지들은 가볍게 솎아 냄으로써, 억지로 모양을 만들려 들지 않고 이미 그 안에 있는 것을 드러내 주면 그만이다. 그렇게 제 모양대로 자랄 수 있게 지켜 주고 응원하는 데 익숙해지고 있다. 가지치기에는 알게 된 것을 손쉽게 적용하면서도 아이들의 특별함을 인정하며 키워 내는 일은 여전히 어렵다.

디기탈리스의 키 큰 꽃들이 화단 곳곳에서 솟아난다.
보통은 허리춤 정도에 머물지만 좋은 자리를 잡은
녀석들은 내 키를 훌쩍 넘긴다. 아래에서부터 차례로
열리는 꽃은 입구가 널찍해서 호박벌도 수월하게 드나든다.
분홍색과 흰색이 가장 흔하고, 옅은 주황색의 품종들은
흔치 않아 일부러 찾아 심는다. 몇몇 품종의 꽃 입구에
있는 검은 점들은 벌들에게 자, 여기는 꽃가루와 꿀이 있는
맛집이니 어서 오라고 손짓하는 가게 간판의 역할을 한다.
그렇다면 점이 없는 품종에 모인 벌들은 간판 없는 노포를
찾아든 식객들일까.

　　안타깝게도 이 너그러운 맛집은 두 해를 넘기지
못한다. 디기탈리스는 발아한 첫해에 잎을 키우고,
이듬해에는 꽃을 틔운 후 씨를 맺고 사라지는
두해살이풀이기 때문이다. 꽃이 예쁘게 솟은 것을 사서
심으면 그해에 죽기에, 손님들에게 수명에 관해 되도록
잊지 않고 언급한다. 어쩌다 가끔 한 해 더 살아 내기도
하지만 두 해만 살도록 정해진 순리를 억지로 늘리기란

쉽지 않다. 대부분은 꽃을 피우고 나면 미련 없이 수그러든다. 아쉬워할 것 없다. 두해살이풀들은 삶이 짧은 만큼 매 순간 온 힘을 다해 씨앗을 맺고 쉽게 발아한다. 적당한 환경에 떨어진 씨앗들은 금세 자라 꽃을 피운다.

그 옆 향기로운 연보라 꽃을 포도송이처럼 길게 늘인 등나무는 긴 가지를 천방지축 뻗는다. 꽃을 피울 때면 가지고 있는 힘을 꽃에 집중하다가, 지고 나면 가지를 뻗어 세력을 확장하는 것이 이들의 흐름이다. 이맘때 뻗어 나오는 긴 가지는 나무가 차지하고자 하는 범위를 넓히는 뼈대가 되고, 나중에 그 뼈대 가지에서 꽃을 무는 곁가지가 나온다.

등나무는 세력이 강해서 키우고자 하는 범위를 정해 놓고 그 안에서 야박하게 키워야 관리하기가 수월하다. 6월에 긴 가지들을 반 뼘 정도까지 줄이면 성장의 힘이 곁가지로 흘러 그것들을 더욱 굵직하게 만든다. 멀리 뻗어 가도록 키워야 꽃이 더 많이 달리겠지만, 튼실해진 곁가지를 구경하는 나름의 즐거움이 있을뿐더러, 한정된 정원 공간에서는 다른 식물과의 균형도 맞춰야 하기에 길이를 줄이는 것이 현실적이다.

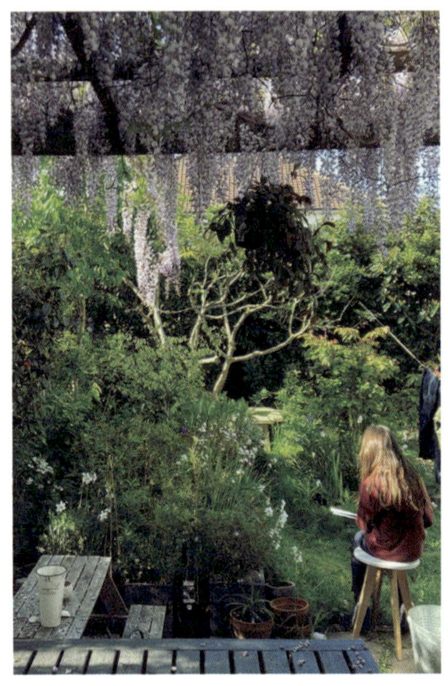

등나무 아래에
의자를 두고 앉아
무언가를 그리고 있는
첫째 래아

　　물론 나무가 가지고 있는 힘을 온전히 펼치지 못하게
막는 일이 자연의 순리를 거스르는 것 같아 마음이 편치
않다. 그럴 때는 정원사로서의 책임이나 야생의 자연과는
다른 정원의 의미를 떠올리며 불편한 마음을 달랜다.
그냥 두면 더 넓게 자라 볕도 많이 보고 꽃도 더 많이
피우겠지만, 이 정원에서 내가 줄 수 있는 공간이 여기서

저기까지뿐이네, 미안. 그래도 잘 자라 줘서 고마워.
식물들이 불평하거나 삐지는 일은 없더라도 이렇게나마
말을 걸어 본다. 가지를 자르는 일을 '정원 관리'라는
좁은 틀로만 보지 않고 나무와 내가 서로의 한계 안에서
균형을 찾아가는 과정으로 생각하면, 매일 반복되는 작은
일들이 조금씩 의미를 갖는다. 그러면 단조로운 일상에
조금이나마 깊이가 생긴다.

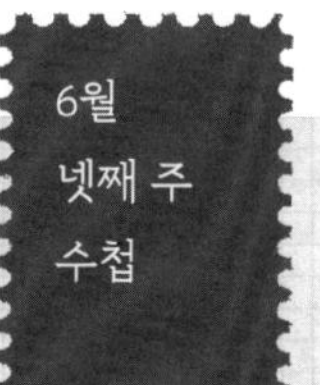

만드느라 분주했던 정원들도

6월 말이 되니 정리가 되어 간다

다시 볼 기약이 있는 정원에도

그렇지 않은 정원에도

보잘것없는 나의 일부분을 떼어 둔 것 같아서

정원을 등지고 나서야 할 때면 헛헛하다

그곳에 떼어 놓고 온 부분은

개암나무의 넓적한 잎과

가지치기를 해야 하는 병꽃나무 사이에서
또 다시 채워지겠지

시원한 런던의 초여름,
점심나절의 소나기로 잎의 먼지가 씻기고
어디엔가 숨어 있을 새들이 지저귄다

어떤 정원이든 아름답다. 흙이 갈린 정도, 화단의 모양, 새로 심은 꽃……. 이 모든 과정을 지켜보는 사람의 마음에서 만들어지는 아름다움과 별개로, 정원 자체가 품은 아름다움이 그 공간에 묻어 있다. 정원으로 향한 문 옆에 비집고 난 민들레, 돌 틈에 숨어 있는 쥐며느리, 삽 머리 위에 앉은 울새, 아이들이 타고 오르는 무화과나무, 늙어서 한쪽으로 기울어지기 시작한 이웃집의 배나무. 잔디, 화단, 창고, 석판 등으로 구획되고 울타리로 이웃과 나뉘지만, 정원은 서로 얽혀 있고 바깥과도 이어져 있다.

흙 속 벌레는 울타리를 넘나들고 나와 이웃의 화단은 같은 볕을 받으며, 계절은 모든 정원에 공평하게 찾아온다.

언제나 주어진 순리에 따라 흘러가는 정원의 아름다움은 보는 이에 따라 의미를 가져다주기도, 그러지 못하기도 한다. 손톱만 한 잡초가 눈꼴사나워 아름다움이 사그라들기도 하고, 오늘 핀 꽃의 찰나가 고운 빛으로 마음에 남기도 한다. 가끔 정원에 들어설 때면 그 속에서 단단하게 흐르는 시간을 방해하는 마음이 든다. 흐름 속에 그저 존재함으로써 아름다운 꽃과 나무들을, 내 눈을 통해 흠 있는 대상이나 찰나의 의미만 가지는 연약한 사물로 만들어 버리는 것 같아 미안하다. 그래서 되도록 내딛는 발끝에 투박함을 줄이고 바라보는 시선은 길게 두어 그 고유함을 해치지 않고 싶다. 정원사는 정원에 잠깐 숨어 있다 떠나면 그만이다.

야스민과 폴의 정원

쥐손이풀

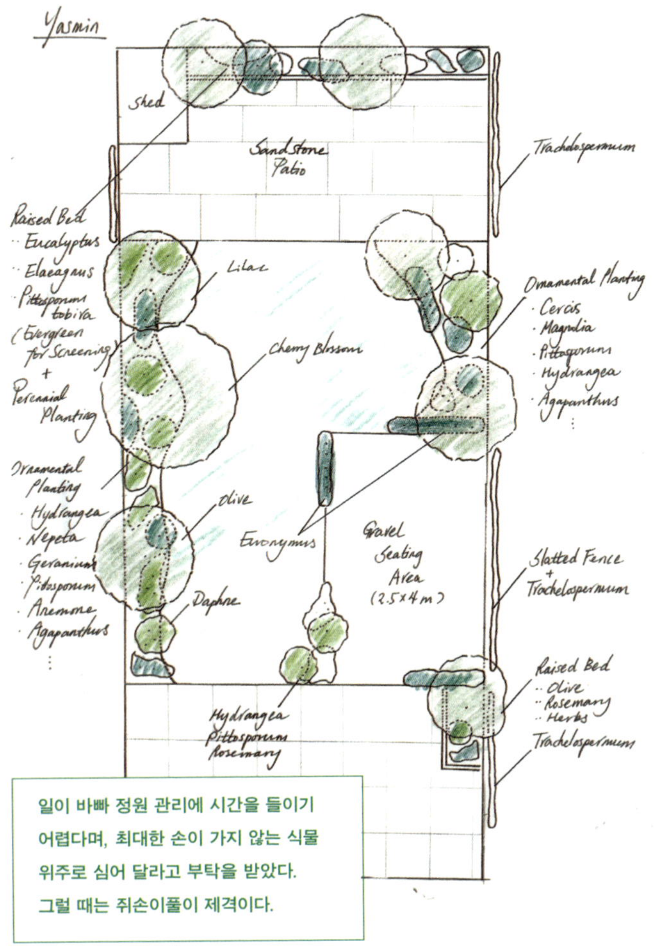

일이 바빠 정원 관리에 시간을 들이기
어렵다며, 최대한 손이 가지 않는 식물
위주로 심어 달라고 부탁을 받았다.
그럴 때는 쥐손이풀이 제격이다.

무화과나무

7월

　　한국은 이제 덥고 습한 장마가 시작되었다는데
런던은 다행히 서늘하다. 일주일에 사흘가량은 아침
기온이 12도라 반소매 차림이 춥게 느껴질 정도다. 닭살이
돋은 팔을 비비며 아버지 생각을 한다. 처음으로 큰맘
먹고 런던에 오셨을 때가 하필 겨울이었다. 온종일 어둡고
추적추적 내리는 비에, 추워도 해가 쨍쨍한 한국 겨울이 훨
낫다 하셨다. 런던의 겨울이 영 마음에 안 드셨던 모양이다.
그러다 여름에 다시 오셨을 땐, 여름인데도 이렇게
시원하니 런던이 참 좋다고 활짝 웃으셨다. 물론 한국
슈퍼에서 비싸게 사 온 막걸리도 한몫했다.
　　런던은 한국처럼 사계절이 뚜렷한 편이지만 여름엔
비가 적어 건조하고 겨울과 봄에 비가 많이 내린다는 점이

다르다. 단풍나무나 산딸나무처럼 여름이 습한 지역이 고향인 나무들은 런던의 여름을 힘들어한다. 오래 묵어 이곳 기후에 적응했어도 너무 가물면 잎 가장자리가 갈색으로 말라 버린다. 한국에 있었다면 장마철 단비를 마음껏 마셨을 텐데, 괜히 안쓰럽다. 수돗물을 양동이에 받아 양껏 주지만 고향의 것에 비하면 텁텁할 것이다.

자리 잡은 지 오래된 나무도 건기를 어려워하니, 6월에 만든 정원에 새로 심은 꽃과 나무들이 더욱 걱정이다. 심어야 할 장소에 어울리는 식물들을 선택하고 각 식물들의 자라는 모양을 고려해서 배치한 다음, 가장 튼튼하고 보기 좋은 화분을 골라 알맞은 방법으로 조심히 심어 주는 일. 거기까지가 정원에서 정원사가 확실하게 통제할 수 있는 부분이다. 삽을 씻은 후 정원을 등지고 걸어 나가면 이제는 손님의 몫이므로, 손님들에게 물을 챙겨 주라고 연락을 돌린다. 새 정원의 첫해 목표는 심은 식물들을 살리는 것만으로도 충분하고, 그러기 위해서는 물을 자주 챙겨 주는 일이 가장 중요하다. 우선 어떻게든 새 식물들을 살려 내자고, 그럼 내년부터는 자리를 잡고 스스로 자랄 테니 그때부터 잡초나 가지치기 생각을 해도 늦지 않다고 얘기한다. 막 심은 샐비어가 바짝 말라 가는데 그 옆의 애꿎은 민들레를 뽑는 것은 의미 없다. 너무 빨리 죽게 되면 내 잘못이 아니어도 괜히 미안하니, 그 미안함을 회피하기 위한 이기적인 마음도 없지 않다.

다행히 무화과는 볕이 뜨겁지 않은 런던에서 잎을 크게 내며 왕성하게 자라 준다. 겨울에 가지치기를 했더라도 여름이면 금방 무성해져, 오히려 화단을 덮어 버린다는 문제가 있다. 열매에 살이 오르는 초여름 안쪽 잔가지를 솎아 화단에 빛이 닿도록 한다. 가지 끝부분도 올해 익힐 열매를 계산해 잘라 주고, 짧은 런던의 여름 동안 가지와 잎보다는 열매를 익혀 달라고 부탁한다. 잘 익은 열매는 아이들의 여름방학이 시작되면 집에 2주간 머무르시는 장인어른 장모님께 따 드린다. 전생에 진 빚의 이자를 받으러 온 듯 뛰노는 손주들을 보살펴 주시는 동안, 사위는 무화과나무에 올라간다.

무화과나 포도처럼 기운 좋은 나무들은 겨울뿐 아니라 여름에도 잊지 않고 가지를 친다. 겨울 전정이 이듬해 성장을 북돋우기 위한 것이라면 여름 전정은 과도한 성장을 억누르기 위해 필요하다. 여름에는 나무의 생명력이 가지 끝에 몰려 있으니, 그 가지를 잘라 줌으로써 주어진 자리에 비해 지나친 성장의 기운을 줄여 준다.

나무의 크기나 굵은 가지는 그대로 두고 새로 난 가지를 솎아 내는 정도의 가벼운 가지치기는, 과실의 종류와 상관없이 여름에 한다. 열매를 수확하는 건 기쁜 일이지만, 정원에서 다른 식물들과 같이 자라니 비율을 고려해 조정하는 일이 불가피하다. 나무의 중심에서 수직으로 곧게 뻗은 새 가지는 가위가 아닌 손으로 뜯어야 굵은 가지에 붙어 있는 생장점까지 뽑아낼 수 있다. 가지 끝에서 올해 길게 자란 새순은 절반 이상 줄여 꽃과 열매를 맺는 곁가지가 더 돋도록 한다. 나무 속 생명력이 새 줄기와 잎보다는 단 열매 쪽으로 흘러가기를 바라며.

7월의 정원은 가지와 잎이 잔뜩 얽혀 울창하다. 땅에서부터 차오른 생명의 기운에 웅크려 있던 꽃눈과 잎눈이 터졌고, 신록의 잎과 부드러운 새 가지가 돋아났다. 박태기나무가 기운 좋게 새 가지를 뻗고 회양목과 돈나무는 초록색 살이 올라 포동포동하다. 한두 달 후면 올해의 성장도 때가 묻고 지치리라. 그래서 지금 돋아난 새 가지와 피어나는 꽃들이 더욱 소중한 것이리라.

봄에는 파랑, 하양, 연보라, 연분홍 같은 가녀린 색이 많았다면 여름 화단은 짙고 화려하다. 장미가 크고 탐스러운 꽃송이로 여름의 시작을 알리고, 달리아가 올해의 첫 꽃을 피운다. 한련화는 이제 주황과 노랑 꽃을 쏟아 낸다. 이리저리 뻗어 가며 정신없이 자라지만 그게 매력이다. 멀리서 보면 두툼하고 화려하게만 보이지만 자세히 들여다보면 참 섬세하다. 다섯 장의 큰 꽃잎에는 실처럼 가는 선이 있고 암술과 수술이 있는 중간 부분에는 보송보송한 솜털이 돋아 있다. 영국인들에게 한련화는 모네의 정원에 있는 꽃으로 잘 알려져 있지만, 나에게는 비빔밥에 고명으로 오르는, 쌉싸름해 입맛을 돋우는 식용 꽃이다. 보기에도 예쁘지만 먹을 수도 있답니다, 하면 다들 깜짝 놀라곤 한다.

정원의 풍성함에 비해 나의 손은 의외로 여유롭다. 봄꽃들의 꼬리가 아직 늘어져 있고 여름꽃들은 이제 막 시작이다. 더 바빠지기 전에 봄에 미처 정리하지 못한

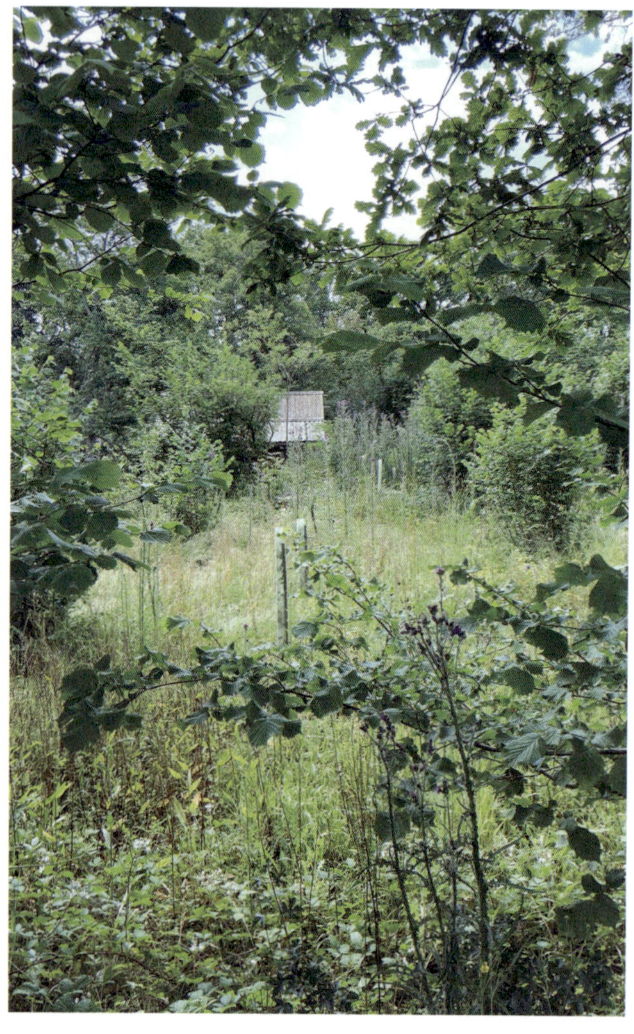

울타리와 상록수의 모양을 잡아 주고, 잔디와 만나는
화단 앞쪽을 단정히 정돈하면 마음이 시원하다. 꽃이
시든 쥐손이풀의 잎과 꽃대를 모두 자르고, 라벤더를 덮은
아가판투스의 묵은 아랫잎을 뜯어낸다.

　나비바늘꽃의 흰 꽃이 라벤더 위로 팔랑팔랑
날아다닌다. 꽃잎이 위에 둘, 아래에 둘. 위에 난 두 꽃잎의
중간에 수술이 삐죽하니 영락없이 나비 같다. 휘휘, 높게
올린 꽃가지를 따라 흰 나비가 날아오른다. 물 빠짐이 좋은
곳에서는 꼿꼿하게 자라지만, 비옥하고 축축한 흙에서는
천방지축 자라 꽃가지가 아래로 처지니 뒤쪽에 대나무를
대고 묶어 준다. 이리저리 흐트러지며 자라는 모습이
타고난 매력이므로 너무 조여 묶기보다는 느슨하게 얼마간
여유를 준다.

　아담하고 둥그렇게 자라는 돈나무들 사이에서
길쭉한 잎의 애기범부채가 빨강, 주황의 꽃을 피운다.
볕이 잘 드는 곳에서도, 그늘진 큰 나무 밑에서도 무던히
잘 자란다. 잎이 길쭉하니, 마늘 알 만한 작은 알뿌리를
일부러 둥그런 상록수 옆에 심어 그 대비가 두드러지도록
한다. 꽃이 지고 나면 꽃대에 작은 새끼 알뿌리들이 맺히고

이리저리 많이 번지는데, 작은 화단에는 부담스러울
수 있어 튼실하게 꽃을 달고 있는 중심만 남겨 두고
가장자리의 어린 잎들을 빙 둘러 뽑는다. 튼튼하고 크게
자라는 빨간색 루시퍼*Lucifer*와 작지만 연한 주황색이 고운
조지데이비슨*George Davison* 품종이 많이 심긴다.

오늘 방문한 정원마다 재스민의 단내가 가득하다.
작고 흰 바람개비 안에 그렇게나 많은 향을 품고 있다.
일반적으로 재스민은 겨울에 작고 뾰족한 잎이 떨어지는
낙엽성 덩굴이지만 영국에서는 마삭줄속의 한 종류가
'상록 재스민*Trachelospermum jasminoides*'이라고 불리며
흔히 심긴다. 이름이야 어떻든 둘 다 여름 동안 한 달
정도 넉넉하게 단내를 흘려 준다. 부지런히 키를 높이던
버들마편초의 첫 꽃이 피기 시작하더니, 관목 샐비어도
이제 꽃들을 잔뜩 피웠다. 동그란 잎에 생긋한 향기가 잔뜩
묻어 있다. 뾰족한 꽃 머리 밑에는 벌이나 나비가 앉기
좋게 널찍한 혀가 있고, 안쪽에는 단 꿀이 숨어 있다. 가끔

꽃 옆구리에 작은 구멍이 뚫려 있는데, 정직하게 머리를
들이밀어 수정을 돕지 않고 안쪽의 꿀만 가져가는 얄미운
녀석들의 소행이다. 꽃 색은 셀 수 없이 많지만 아주 연한
보라색이 가장 예뻐 보여서 눈에 띌 때마다 욕심을 부려
잔뜩 사 오고 만다. 좋아하는 손님들 정원에 볕이 잘 들고
물 빠짐이 좋은 빈자리가 있으면 하나씩 심어 준다.

클레어 아주머니의 정원에 들어서자 짙은 분홍색
코스모스가 먼저 보인다. 작년 여름에 심을 시기를 놓쳐
못내 아쉬웠던 터라, 올해는 잊지 않고 일찌감치 튼실한
것들을 모아 심었다. 제법 큰 정원의 끝, 방부목 위에 놓인
연갈색 토분이 짙은 분홍색으로 가득하다. 코스모스가 잘
피었으니 오늘은 농땡이를 피워도 괜찮겠다며 황 형님과
가벼운 농담으로 일을 시작한다. 시든 꽃을 떼어 주러
가까이 가니 새순에 진딧물이 까맣게 앉아 있다. 손으로
만지작만지작, 어느 정도 짓이긴 후 물 호스로 털어 낸다.

코스모스 외에도 장미나 달리아처럼 보드라운
새순에 낀 진딧물은 굳이 독한 살충제를 뿌리지 않아도
손과 물로 충분히 없앨 수 있다. 그러기도 귀찮아 조금
더 기다리면 무당벌레 유충이 귀신같이 찾아와서 먹어

치운다. 생존을 위해서는 먹이가 중요하니 진딧물의 숫자가 가장 많을 때 무당벌레 유충들이 부화한다. 조급한 마음에 살충제를 뿌리면 진딧물을 먹던 무당벌레 유충까지 죽고 마니, 마음을 여유롭게 먹고 기다리면 자연이 알아서 보살핀다. 기다리는 와중에 진딧물의 단물이 장미잎에 얼룩을 남기고 코스모스의 새순이 힘을 잃어 고개를 떨굴 수 있지만, 자연의 큰 흐름 속에서는 해가 지고 뜨는 것처럼 당연한 일이다.

7월
첫째 주
수첩

한 해의 피로가 쌓여 간다
퇴비를 뿌리느라 바빴던 봄과
울타리 정리하느라 분주했던 초여름을 지나
라벤더가 피어나는 한여름이 되니
손이 점점 느려진다

그래도 정원에 나오면 어떻게든 움직이니
살아가기 위해 정원이 필요하다

오른쪽 아래 반쯤 삐져나온 사랑니 때문에

치과로 가는 지하철 안

사람들 사이에 구겨 앉아 목적지로 향하는

손마디의 굳은살에 고집스럽게 끼어 있는 흙때와

인동덩굴잎이 묻은 작업화에서,

어쩌면 이렇게나 멀리까지 이어져 온

구부러진 길을 깨닫는다

그래도 나아가야만 한다

오랜만에 내린 비로 흙내가 부드럽게 오른

정원으로 가야 한다

솜씨 좋은 요리사라도 집에서는 라면으로 끼니를 때우듯 정원사가 사는 우리 집 정원은 관리되지 않은 채 잔뜩 웃자라 있다. 이러다가는 자연의 흐름 속에서 정원을 가꾸는 것이 아니라 야생 그 자체가 되어 버릴 듯하다.

손님들 정원에 가끔 삽이나 전지가위를 두고 오는 일이 있는데, 그때 부지런함도 함께 두고 온 걸까. 민들레가 튼실하게 피었고 포도 덩굴은 지붕을 타고 넘어간다. 등나무는 옆집 2층 창문에 닿을 듯 말 듯하고, 몇 달 전 잠깐 사용한 삽에는 녹이 슬어 있다. 이래서는 못쓰겠다 싶어 팔을 걷어붙이고 급한 불 끄듯 이곳저곳 정리하다가, 30분도 안 되어서 나무 벤치에 털썩 앉아 쉰다. 밖에서 정성을 다 쏟고 집에는 지친 몸만 돌아오니, 나의 정원은 늘 뒷전이 되어 버린다.

　정원이라고 불리지만 나에게는 자재를 보관하는 창고이기도 하다. 다음 주에 심어야 할 목수국과 천리향, 구하기가 힘들어 보일 때마다 잔뜩 챙겨 놓은 은목서와 삼지닥나무가 한쪽 구석을 차지하고 있다. 반대편에는 손님이 뽑아서 버려 달라고 한, 그러나 아까워서 들고 온 배나무, 장미, 푸크시아가 부엽토 봉투에 담겨 있다.

　제법 큰 식탁도 하나 있는데 그 위에는 화분, 모종삽, 반쯤 쓴 상토 봉투가 어지럽게 널려 있어, 식구들은 한쪽에 겨우 옹기종기 모여 밥을 먹는다. 그래도 바깥바람이 밥에 섞여 달게 넘어간다. 아이들은 숟가락 옆에 쥐며느리가

지나가도 눈도 꿈쩍하지 않다가, 축축한 민달팽이가
기어가니 그제야 징그럽다며 부산을 떤다.

　　밥을 다 먹고 나면 아이들은 곧장 연못으로 달려간다.
작년에 아이들과 같이 땅을 파서 만든 연못에 언젠가부터
개구리 몇 마리가 살고 있다. 일하면서 가끔 보이는
개구리를 물통에 담아와 연못에 풀어 둔 것인데, 아이들은
"개구리가 어떻게 알고 찾아왔을까?" 물어본다. "아빠가
요정한테 개구리 마을에 가서 여기 연못이 있다고 얘기 좀
전해 줘, 했지." 첫째는 농담인 걸 눈치채고 배시시 웃는데
두 살 어린 둘째는 아직 눈을 휘둥그레 뜬다. 그러고는,
우리 정원에는 연못도 있고 꽃도 있어서 참 좋다고 말해
준다. 그 말이 기특해서, 실은 개구리를 잡아 왔다고
이실직고해야 하나 한참 고민을 했다.

　　올해 우리 집 정원에는 깻잎이 무성하다. 아이들이
다니는 한글학교 학부모님을 통해 런던 북서쪽 캠던 근처에
한국 분이 운영하는 꽃집이 있다는 얘기를 들었다. 어느
주말 문득 생각이 나서 방문해 인사를 나눈 후, 근처에
일이 있을 때마다 일부러 차를 돌려 들르곤 했다. 하루는
주인 분이 깻잎 씨앗 파종을 너무 많이 했다며 나눠

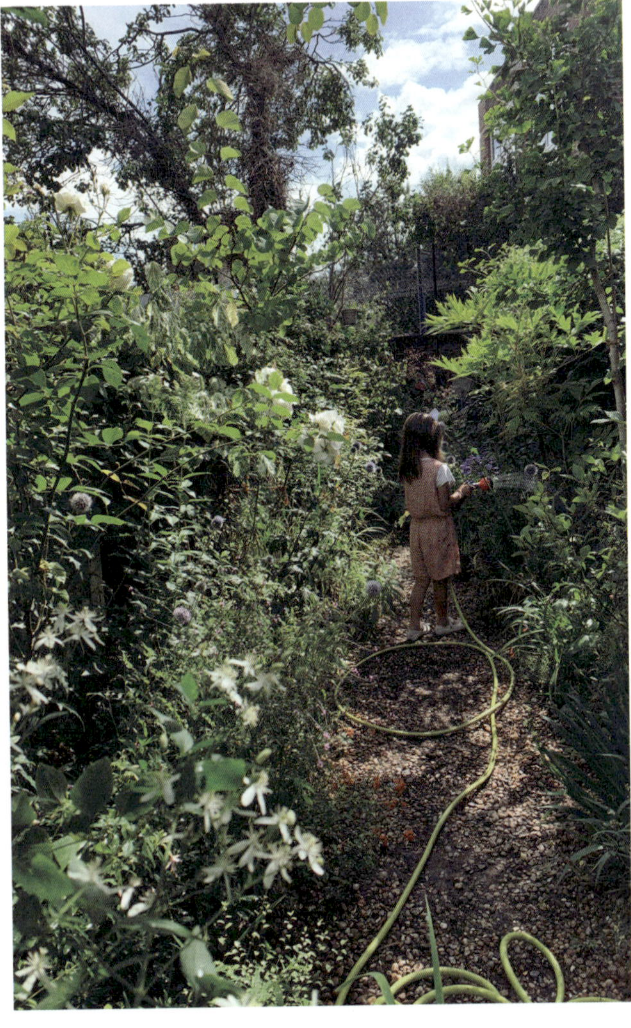

주겠다고 하시길래, 연신 감사 인사를 드리며 이제 막 손톱만 한 본잎이 난 어린 모종들을 받아 왔다. 처음에는 성장이 더디다가 초여름 더위가 찾아오면서 빠르게 자라기 시작했다. 분갈이까지 해 주자 하루가 다르게 잎장이 넓어지더니 이제는 손바닥보다 커졌고, 키도 나만 해졌다.

저녁을 차릴 때쯤이면 아이들에게 정원에 가서 깻잎을 따 오라고 한다. 아이들은 신이 나서 신발도 신지 않은 채 달려 나가 금세 한 아름 따서 들어온다. 라면을 끓이든, 김치말이 국수를 하든, 두부조림을 하든 밥상 한구석에는 늘 잘게 자른 깻잎이 있다. 한 움큼 집어넣고 비비면 어떤 음식이든 향긋해진다. 더운 날 땀을 잔뜩 흘려 가며 일하고 나면 차가운 오이냉국에 깻잎을 듬뿍 올린다. 식초의 산미에 턱 아래의 침샘이 시큰, 입맛이 돌고 소금의 짠맛은 더위에 흐물해진 정신을 가다듬어 준다. 풀내 가득한 오이는 온몸에 서린 갈증을 달래고, 쌉싸름한 깻잎은 외국 생활의 외로움을 보듬는다.

나를 따라 아이들도 제 그릇에 깻잎을 양껏 올린다. 처음 먹었을 때는 익숙하지 않아 깨작거리더니 이제는 그 맛을 알겠다는 듯 잘 먹는다. 아빠는 머리가 검은색이네.

친구들은 김치를 모른대. 밖에서 친구들을 만나며
아이들은 아빠가 동양인이라는 것을 조금씩 알아 간다.
지금은 나를 마냥 좋아해 주지만 커 가면서 더 명확해질
아빠의 '다름'을 아이들이 잘 받아들여 주기를. 오늘 저녁
먹는 깻잎의 기억이 아이들과 나를 연결해 주기를. 정원
한구석에서 자라고 있는 깻잎에 많은 것을 기대어 본다.

　디기탈리스는 이제 꽃이 지고 긴 꽃대가 갈색으로
익어 간다. 이년생인 만큼 꽃이 지고 나면 부쩍 힘이 줄고,
어느 순간 사라진다. 좁은 화단에 제법 자리를 차지하던
길고 넓은 잎도 달팽이가 뜯어 먹어 이제 별로 남지 않았다.
아빠 뭐해, 하며 정원으로 조르륵 달려 나오는 아이들에게
씨앗을 화단에 던져 달라고 부탁한다. 꽃대의 밑 부분을
잡고 흔들면 모래알만큼 자잘한 씨앗이 아이들의 작은
손바닥 위로 잔뜩 떨어진다. 첫째는 제법 고심하며
이곳저곳 조금씩 뿌리고 둘째는 자기 머리 위로 휙 던지며
깔깔 웃는다. 이러나저러나 알맞은 땅에 닿은 씨앗은
올해 발아해 잎을 낼 것이고, 내년에 꽃을 피울 것이다.
블루베리를 심어 둔 화분에, 혹은 천리향의 뿌리 부분에
바짝 붙어 의도하기도 힘들 만큼 딱 들어맞는 자리에서

자라고 꽃을 피울 것이다.

주말 늦은 오후, 아이들이 무당벌레를 찾았다며 연신 부른다. 그래 알았어, 하면서 바라보니 낮은 천리향 너머로 작고 푸른 나비가 날아다닌다. 정원에는 내겐 그리 반갑지 않은 진딧물과 민달팽이도 있지만 이렇게 아이들이 좋아하는 빨간 무당벌레와 나비도 있다. 이것저것 작은 것들이 모여 균형을 이루고, 그 균형 안에 찰나의 완벽함이 들었다.

7월
둘째 주
수첩

정원에 숨어 왔다
형태 없는 불안함과 질문에
대답하지 않기 위해
제법 긴 시간, 계절 동안
반복되는 정원에 마음을 숨겨 왔다

나를 할퀸 어떤 질문들은 어느새 아물었고
남아 있는 것들은
손가락에 아직 박혀 있는 장미의 가시처럼

움직이는 낮에는 아픔을 줄이다가
혼자 깨어 있는 밤에 아파 온다

막 자른 잔디의 풀 내음
그늘진 곳 조용히 피고 졌던 제비꽃
초여름의 푸른 저녁에 걸었던 길들
수국이 시들고 국화가 피는 정원의 흐름 속에서
그저 손을 바삐 움직이면 되었기에

계절은 흐르는 것이라며
삶은 이런 형태로도 계속되는 것이라며
그렇게 정원에 숨는다

달리아

　　아직 피지 않은 가을국화의 꽃봉오리가 간신히
런던의 짧은 여름을 붙잡고 있다. 초여름 1차 개화 후
분주하게 시든 꽃을 꺾어야 했던 장미들은 이제 두 번째
꽃을 틔운다. 아래로 쳐지거나 안쪽으로 난 약한 가지들을
솎아, 여름 잎으로 무성한 화단에 조금이나마 빈 가지를
드러내어 준다. 흑점병으로 얼룩덜룩한 잎은 웬만하면
보이는 대로 떼어 준다. 땅에 떨어진 잎들을 치우면 흑점병
포자가 번지는 것을 막는 데 도움이 된다는데, 그만한
여유가 자주 생기지 않는다. 흑점병은 보기에 좋지 않지만
다행히 장미에 큰 영향을 끼치지는 않는다. 걱정을 많이
하는 손님들을 위해 곰팡이 약을 뿌려 보아도 영 소용이
없었다. 잡초 하나 없는 잔디 없듯 흑점병 없는 장미도

없습니다, 하면 열에 아홉은 수긍한다.

장미 밑에서 함께 꽃을 피워 내던 쥐손이풀도 이제 시들었으니 꽃대와 잎들을 몽땅 잘라 준다. 몇 주면 금방 새잎을 틀고 늦여름 만개한 추명국을 좇아 한 번 더 꽃을 피울 것이니 쥐손이풀처럼 듬직한 화초도 드물다. 양지든 그늘이 짙은 곳이든 불평 없이, 늦봄부터 늦가을까지 계속해서 꽃을 피운다. 모양과 색도 가지각색이라 자투리 공간에 무엇을 심어야 할지 고민이 될 때 쥐손이풀을 심으면 대부분 성공한다. 여름 화단이 더위에 지쳐갈 때도 쥐손이풀은 끄떡하지 않고 자기 일을 한다.

오늘은 무려 32도까지 올라갔다. 런던에서는 보기 드문 높은 기온이다. 15년 전 영국에 막 도착했을 때만 해도 이렇지 않았는데 매년 더 더워진다. 런던에는 에어컨은 고사하고 선풍기도 없는 집이 태반이나, 몇 년 전부터 하나둘씩 에어컨을 달기 시작했다.

시든 장미를 꺾으려고 뻗은 팔이 땀으로 반질반질해지고, 입안이 바싹 마르고 목덜미가 후끈거린다. 다음 정원으로 가기 위해 올라탄 차 안이 뜨거워 서둘러 창문을 열고 시동을 건다. 조금이라도 빨리 달리기 시작해야 창문으로 들어오는 바람에 손목을 말릴 수 있다.
한국의 습한 찜통더위에 비교하면 새 발의 피 수준이지만
그래도 여름은 여름. 구름 한 점 없는 하늘에 바람도 없어
몸에서 뿜어 나온 열기가 떠나갈 기색 없이 제자리에
머문다.

　　살얼음이 동동 뜬 물냉면 생각이 간절해서 일이
끝나자마자 한국 슈퍼로 향했다. 우동이랑 짜장면은
선반에 가득한데 냉면 칸만 텅 비었다. 언제 들어오는지
여쭤보니 한동안은 구하기 힘들 거라고 한다. 이를 어쩌나
싶다가도 짧은 런던의 여름을 그대로 느낄 수 있겠다며
너털웃음을 짓고 만다. 부디 이 더위의 기억도 오래 머물러
춥고 축축한 겨울에 떠올랐으면.

무더위의 한가운데서는 지난봄을 떠올린다. 작년
초봄, 츄이 아주머니 정원에서 엄 프로와 같이 큰 토분
몇 개에 달리아를 심었다. 츄이 아주머니의 고향은
말레이시아지만, 손님들 중 몇 안 되는 동양인이라

이곳에서는 동향 사람을 만난 것처럼 한층 친근하다.
정원 초입에는 아주머니께서 당근 껍질이나 애호박
꼭지처럼 요리하다 남은 채소로 직접 삭힌 퇴비가 진득한
사랑이 가득한 집밥처럼 곱게 익어 있었다. 퇴비를 삽으로
두툼하게 퍼서 밑 부분에 깔고, 검고 팔랑팔랑한 새 흙으로
채운 화분에 괴근을 심었다. 어느새 작은 새싹이 흙 위로
조심스럽게 올라오더니 한여름부터 늦가을 서리가 내릴
때까지 쉬지 않고 꽃을 피웠다. 새 흙의 부드러움과 집밥
퇴비의 든든함에 튼실하게 자랐다.

심을 때는 양털 재킷을 입었는데 이제는 반소매
티셔츠 차림으로 시든 꽃을 자르고 있다. 그 사이 몇 달
동안 어떤 일들이 있었던가. 얕은 기억과는 별개로 계절은
야박하게 이렇게나 흘러 있다. 그럼에도, 달리아 앞에
서면 퇴비의 향과 초봄 찬 공기가 함께 떠오르곤 한다.
걷다가 우연찮게 만나는 꽃들도 좋지만 한 겹 기억이 묻어
있는 꽃들은 더욱 특별한 까닭이다. 직접 파종하거나
삽목해서 키운 아이들에 더 마음이 가는 이유 역시, 돈 몇
푼을 아껴서가 아니라 거기에 묻어 있는 개인적인 기억
때문이다.

8월 초 화단은 한 해의 반을 넘기며 자라 온 잎들과 시든 꽃대로 울창하다. 손바닥만큼이라도 빈 흙을 보고 싶은 계절이다. 채워지는 것이 기뻤던 봄과 달리 여름 정원은 비울 때 기쁘다. 생기 있는 부분은 남기고 세월의 피곤함만 걷어 낸다. 그렇기에 여름 화단에서 중요한 것은 '바라봄'이다. 제한된 공간 속에서 서로 부대끼며 자라는 식물들을 살핀다. 각자 뿌리내린 위치와 차지하고 있는 범위를 둘러보고, 전체적인 균형을 유지하며 덜 예쁜 때를 벗겨 내 준다. 혼자서 신이 나 다른 아이들을 덮으며 자라는 녀석은 기를 죽여 준다. 혼내면 찡찡대다가도 뒤돌아서면 잊고 까부는 둘째 아이처럼, 남은 여름 동안 금세 자라 꽃을 피운다.

이때 시든 꽃만큼은 판단을 거칠 필요 없이 보일 때마다 자른다. 꽃봉오리가 피어나게 되어 있는 것처럼 꽃은 반드시 시들게 된다. 그 흐름에는 망설임이 없으니 꺾어 낼 때도 고민이 없다. 가려내는 눈은 신중하게, 꺾어 내는 손은 간결하게. 한여름에는 시든 꽃만 뚝뚝 따도 세월이 금방 간다.

　뜨거운 햇볕과 간간이 내리는 비에 정원의 식물들은 살이 잔뜩 오른다. 씨앗을 생각하기에는 아직 한 해가 많이 남았다. 꽃만 바라보고 있어도 충분한 젊은 계절, 시든 꽃을 꺾어 내는 와중에도 시선은 피어 있는 꽃을 부지런히 좇아간다. 눈과 손이 바쁘니 마음은 저절로 비워지고, 지금 고민하지 않아도 가까운 미래에 저절로 해결될 문제들이 머릿속에서 맴돌지 않아 가뿐하다.

　등나무의 길게 뻗은 줄기 역시 보일 때마다 잠깐씩 짬을 내 잘라 준다. 잎이 떨어지는 늦가을에 다시 꼼꼼히 가지치기를 할 테니 부담 가질 필요가 없다. 다만 집 벽의 빗물 배수관이나 전선을 꼬아 오르는 가지는 물렁물렁할 때 자른다. 굵고 단단해지면 빗물 배수관을 벽에서 밀어내거나 지붕으로 올라와 기왓장 사이를 파고들 수 있기 때문이다. 이미 단단하게 꽉 꼬인 가지를 잘라 빼내는 일은 여간 고된 게 아니다.

　사다리 위에서 이리저리 손을 뻗다 보면 초봄에 잠깐 등나무에 달리는 연보라색 꽃송이의 단내가 코끝을 스친다. 어렸을 직 초등학교 운동장 한구석, 차가운

칠성사이다와 커피 자판기, 둥글고 길쭉한 은색 재떨이,
누가 상을 주는 것도 아닌데 등에와 공벌레를 잡느라
콧잔등에 송골송골 맺힌 땀, 벤치에 누우면 풍겨 오던
등나무꽃의 단내. 참 짧게도 피고 지는 꽃이 긴 여운을
남겼다. 그 품에 묻혀 자랐던 고향의 기억은 때때로 다가와
외국 생활의 외로움을 보듬는다. 그 봄날 2주 남짓 달았던
꽃의 여운도 가지치기의 피로를 달래 준다.

잠깐 숨을 돌릴 겸 사다리에서 내려와 부모님께 영상
통화를 건다.

"오늘은 무슨 일 하니?"

"등나무 다듬고 있어요."

"가지를 꼬면서 올라가서 한국은 팔자가 꼬인다고 잘
안 심는데, 런던에는 많이 심나 보네."

"여기는 정원사들이 관리해 주니까 많이 심나 봐요."

"꽃이 예쁘기는 한데 네가 고생이니까 그렇지."

집집마다 정원이 있고 잘 관리된 정원이 행복한
삶의 중요한 기준이 되는 영국. 여름이면 하나 건너 한
집에 정원사들이 사다리를 대고 등나무를 정리하는,
거리도 가늠할 수 없을 만큼 머나먼 외국의 낯선 문화도

부모님에게는 그저 자식의 고생, 그 이상도 이하도 아니다.

그렇게 잠깐 감상에 젖어 있자니 제니 아주머니가 고생이 많다며 김이 모락모락 나는 뜨거운 홍차를 내주신다. 티타임을 즐기는 나라에 살게 된 덕에 맛 좋은 차를 잔뜩 마실 수 있지만, 오늘같이 더운 날은 이가 시릴 만큼 차가운 아메리카노가 그립다.

꽃 없이 잎만 무성한 등나무와 달리, 달리아는 이제부터 쉬지 않고 꽃을 피운다. 여름 기운에 잔뜩 살이 오른 화단에서도 눈에 띄게 통통하다. 새 흙에 물을 잔뜩 주며 키우니 물렁물렁한 가지가 큰 꽃의 무게를 지탱하지 못해 휘어진다. 꽃이 하늘을 마주할 수 있도록 대나무를 꽂고 연신 끈으로 묶어 준다. 금세 대나무가 이리저리 꽂히고 끈은 거미줄처럼 엮인다.

달리아가 피기 시작하면 시든 꽃과의 전쟁이다. 새 봉오리는 찐빵처럼 동그랗지만 시든 봉오리는 뾰족하고 손으로 살짝 누르면 축축한 물이 나온다. 따로 시간 낼 것 없이 지나가다 보이면 자른다. 손으로 시든 봉오리만 똑 따 주어도 좋지만, 꽃대의 아랫부분이 굵은 가지와 만나는 지점까지 내려가 사르면 보기에 더 좋다.

달리아의 새 봉오리　　　　　시든 봉오리

초봄에 뼈대까지 야박하게 잘라야 했던 부들레야는
이제 괜찮다며 긴 가지들을 부지런히 올리더니 벌써 그
끝에 시든 꽃을 달고 있다. 높게 핀 꽃에 손이 잘 닿지 않아
어렵지만 시든 꽃을 부지런히 잘라 주면 여름내 피는 꽃에
나비가 자주 앉아 먹고 쉰다. 부들레야가 나비나무*Butterfly*
*Bush*라는 통명으로 불리는 이유다. 부들레야의 씨앗은
여기저기에서 발아하는데, 특히 벽돌담 틈에 뿌리를 자주
내린다. 성장하면서 조금씩 굵어져 벽돌 틈을 넓히는

바람에 미운털이 많이 박혔다.

풀들*Ornamental grasses*도 꽃대를 잔뜩 내었다. 꽃대가 긴 여름꽃들 사이에 드문드문 솟은 풀들의 꽃은 화단에 사람 냄새가 덜 나게 한다.

여름의 풍성함이 가득 담긴 둥그런 수국들에도 계절의 흔적이 묻어난다. 손까지 물들일 것처럼 꽃물이 잔뜩 들었던 헛꽃잎 군데군데 물이 빠지고 빨간 점이 생긴다. 누런 하엽을 보고 손이 허리춤의 전지가위로 향하지만 아직은 그대로 둔다. 볕이 닿지 않아 그늘진 부분의 잎에 고인 초록 물을 조용히 거두어 부지런히 내년의 꽃눈을 만들고 있는 수국. 해야 할 일을 하고 있을 한여름의 수국이 바라는 건 여름의 풍성함을 기억하며 빛바랜 꽃과 하엽을 고맙게 바라봐 주는 것뿐이다.

7월부터 왕성했던 라벤더가 시들 즈음, 아가판투스와 러시안세이지가 화단에 파란색을 이어 간다. 생각보다 물과 퇴비를 좋아하는 아가판투스는 심을 때 말똥을 한 삽, 축축함을 싫어하는 러시안세이지는 마사토를 한 삽 넣어 주면 좋다. 둘 다 추위를 싫어하니 겨울에도 볕이 잘 드는 남향 화단에 심는다. 정원에서 귀한 파란색을 여름부터 초가을까지 두세 달 듬뿍 내주므로 이 정도 노력이면 남는 장사다.

몇 주간 홀로 피던 버들마편초도 이제는 외롭지 않다. 여름의 햇볕에 단단하게 익은 가지로 키를 더 올려 아래에 다른 친구들이 필 자리를 남겨 두고, 자기 자리는 적게 차지하면서도 짙은 보라색의 꽃을 높게 피워 낸다. 그러니 씨앗으로 이곳저곳에 번지더라도 조금은 너그러운 마음으로 지켜봐도 좋다.

손님들이 하나둘 휴가를 떠난다. 스페인, 포르투갈, 그리스…… 행선지도 다양하다. 영국은 1년에 25일 정도의 법정 유급 휴가가 있고 그 이상을 지급하는 회사들도 많다. 다들 집에서 시간을 보내기보다는 일상을 벗어나 먼 곳으로 휴가를 떠난다. 한 달씩 집을 비우는 경우도 적지 않아, 몇몇 손님들은 일주일에 한두 번쯤 와서 물을 줄 수 있느냐고 조심스레 물어 온다.

"우리 휴가 동안 정원에 물 좀 챙겨 줄 수 있을까요?"

"그럼요! 언제 가세요?"

"8월 둘째 주부터 2주간이요."

"아, 저는 8월 셋째 주부터 휴가를 가니까…… 둘째 주엔 제가 해 드릴 수 있어요."

"그럼 셋째 주는 옆집 할아버지한테 부탁하면 되겠네."

그러고는 물 주러 잠깐 오는 시간도 돈을 지불하겠다고 한다. 나는 거절하고 손님은 재차 준다고 하고, 매년 여름이면 기분 좋은 실랑이가 이어진다. 하는 수 없이 최후의 공격, 그 돈 받는다고 제가 부자가 되는 것도 아니니, 손님 기분 좋으신 게 저는 더 좋습니다. 아이고, 참. 웃으며 대화가 마무리된다.

휴가 기간 동안은 저녁을 먹고 바람도 쐴 겸 주인 없는 정원에 물을 준다. 여름이라 9시가 넘어도 대낮이니, 돌아오고 나서도 늘 뒷전이던 우리 집 정원을 찬찬히 볼 여력이 남아 있다. 정원 한구석에서 무화과는 더위에도 아랑곳하지 않고 넉넉하다. 단단하고 꺼끌거리던 초록색의 과실들이 여름 기운에 짙은 보라색으로 부풀어 오른다. 아이들과 저녁 식사 선 가지 사이를 올려다보며 매일 두세 개씩 따 먹는 것이 요즘의 소중한 일과다. 올해 초 나무 화단을 만들고 남은 자투리 나무로 얼기설기 만든 평상에 앉아 통째로 베어 먹기도 하고, 반을 갈라 속살만 먹기도 한다.

입식 생활이 몸에 밴 아이들은 처음 평상을 보고 쭈뼛거리며 사용법을 물어봤다. "아빠, 의자를 여기 위에 가지고 와서 앉는 거야?" 맨몸으로 누우면 된다고 알려 줬더니 이내 드러눕고는 재미있다고 깔깔 웃는다. 나무 위에서 입에 잔뜩 단내를 묻히고 신이 난 아이들은 저녁 먹으러 오라고 몇 번을 불러도 쉽사리 내려오지 않는다. 그렇게 가지 위에 걸터앉아 노는 아이들을 보며 몇 년이나 더 무화과나무에 올라가는 것을 즐거워할까 싶어 그냥 놀도록 두곤 한다.

무화과나무 옆 작은 연못의 부처꽃은 올해도 높게 자라 있다. 논두렁처럼 습한 곳에서 특히 잘 자라 '두렁꽃'이라고도 불린단다. 해 질 무렵 부처꽃의 분홍 꽃은 얼마 남지 않은 햇볕을 모아 반짝인다. 흙에 심어도 무던히 꽃을 피우지만 물가에서 키우는 것만 못하다. 봄부터 슬슬 꽃대를 올리던 톱풀도 이제 만개하여 중간중간 시든

잠옷 바람으로 무화과나무에 오른 둘째 지원

꽃이 보인다. 흔한 노란색도, 시원한 하얀색도, 그리고
가장 좋아하는 짙은 분홍색의 톱풀도 모두 곱다. 잎의
가장자리가 톱날처럼 삐쭉삐쭉하다고 톱풀이라 불리지만
실제로 만지면 부드럽다. 볕이 잘 들고 배수가 좋은 곳에서
잘 자라며 잎이 미세한 솜털로 덮여 있어 가뭄에도 잘
견딘다.

　화단 뒤편에는 키가 큰 꿩의다리가 꽃을 피운다.

연보라색의 작은 꽃은 제대로 뜬 고봉밥처럼 윗부분이 봉긋하고 아래에 조롱조롱 달린 노란색 수술은 귀엽고 섬세하다. 광이 없는 부드러운 잎이 매발톱과 닮아 있지만 더 작고 동그랗다. 키가 커도 잎이 자잘하고 줄기가 시원스럽게 뻗어, 무거운 느낌 없이 주변의 화초와 잘 어울린다. 볕 잘 드는 곳에서는 버들마편초가, 그늘에서는 꿩의다리가 여름 화단에 높이를 더해 준다.

의외로 한가한 여름 정원을 거닐며 가을과 봄의 노동을 수확한다. 가지치기의 가을, 퇴비의 봄에는 생채기와 가시 때문에 손이 고생했다면, 지금 여기 가득한 여름에는 눈이 바쁘다. 늦가을 심었던 과실나무들이 자리를 잡고 자라는 모습, 퇴비 기운을 넉넉히 받아 작년보다 훨씬 튼실한 화초들을 찬찬히 보며 지난 기억과 눈앞의 결과를 연결한다. 잘된 일도 아쉬운 일도 전혀 필요하지 않았던 일도 눈으로 확인하여 기억한다. 그렇게 자연과의 관계를 견고히 한다. 혹여 늦서리에 얼지 않을까 조심스럽게 돋았던 봄의 새순들은 반년 동안 해와 땅의 기운을 받아 많이 자랐다. 자잘하게 손을 봐야 할 곳이 있지만 되도록 자주 손을 거두고 한 발 떨어져 올해 자란 잎, 가지, 꽃을 자세히 들여다보려고 한다. 길고 어두운 겨울 동안 파먹고 살아가야 할 꽃과 잎의 기억들을 짬짬이 모은다. 언제나 그렇게 있을 것이라고 여겨지는 눈앞의 모든 것들은 매 순간 상실되는 연약한 기억이다.

가을
가을

아가판투스

9월

고등학교 동창이 결혼한다고 해 한 주간 한국에
다녀왔다. 피워 내느라 분주한 가을꽃들에게는 잠깐만
다녀올 테니 쓰러지지 말고 잘 지내고 있어 달라고
마음으로 부탁했다. 꽃들도 보살핌이 필요했지만, 멀리 있어
늘 곁에 있어 주지 못하는 친구의 경사만큼은 함께해야
했다. 무엇이 그렇게도 좋은지 친구는 결혼식 내내
싱글벙글했고, 그 웃음이 그저 보기 좋아, 친구는 역시
친구구나 싶었다.

　여름이 채 지나가지 않은 한국의 부모님
비닐하우스에는 참외와 수박이 실했다. 아이구야, 먹을
사람은 없는데 이렇게 열어서 큰일이다, 말에는 걱정이
묻어 있는데 얼굴에는 웃음만 가득 열어 있다. 금세 양파망

세 개에 가득 담으시더니 작아도 땅이 있으니 이렇게 푸지다, 하셨다. 이미 훑어 놓은 참깨에 아직 쭉정이가 많아 바가지를 들고 선풍기 앞에서 한참을 털어 날리셨다.

런던으로 돌아오니 어느새 여름이 끝나 가고 있다. 뜨겁던 볕이 점차 얇아지고 해가 빠르게 짧아진다. 그 변화를 감지했는지 아직 꽃을 피우지 못한 가을꽃들은 하루하루 바쁘게 움직인다. 꽃대를 높이 올리고 꽃봉오리로 꽃물을 부지런히 보낸다. 봄과 여름을 보낸 화단은 올해의 줄기와 잎으로 가득 차 있으니, 벌과 나비를 불러야 하는 가을꽃들은 그 위로 키를 높이 뽑는다. 아침 기온이 10도 아래로 떨어지고 한낮도 20도를 겨우 넘는다.

짧은 여행에서 챙겨 온 건 부모님께 받은 깻잎 씨앗뿐이었고, 작년에 파종해 키운 깻잎은 어느새 누렇고 거칠게 자라 있다. 이것으로 깻잎장아찌를 만들어야겠다 싶어 어머니께 조리법을 여쭈었다. 물 0.6숟가락에 간장 1, 식초 0.7, 설탕 0.7숟가락을 넣고 한 번 팔팔 끓인다. 끓인 물에 깻잎을 넣고, 식으면 통에 담아 냉장고에 보관한다. 사나흘 후 국물을 따라 내고 한 번 더 끓인 다음, 완전히 식으면 통에 다시 담는다.

　처음 만들어 본 깻잎장아찌는 짜고 달았고 조금 시큼했다. 젓가락으로 하나 집어 밥에 싸서 먹으니 엉덩이를 붙이고 앉아 먹는 집밥처럼 구수하다. 아이들에게 하나 먹어 보라고 하니 손톱만큼 떼어 먹고는 입맛에 맞지 않는지 인상을 찌푸린다. 깻잎장아찌의 내리사랑이 손주들까지는 닿지 않는가 보다. 그저 나에게만, 고집부리며 외국에 나가 사는 아들의 입에만 그 사랑이 들어찼다.

　바람에 서늘한 기운이 묻을 때쯤이면 무궁화가 핀다. 수형이 반듯하고 자라는 속도가 느긋한 무궁화는 한국의 국화이지만 오히려 런던에서 자주 마주치는 흔한 정원수 중 하나다. 꽃이 피고 지는 것이 끝이 없다고 하여 무궁無窮화. 찬 바람이 조금 생겨 정원에 아침 이슬이 맺힐 때 피기 시작해 늦가을까지 꾸준히 꽃을 피운다.

　가지가 부드러워 자르기도 수월하고 강하게 전정한 후에도 인색하지 않게 새 가지를 잘 내주니 정원사에게는 여러모로 편한 관목이다. 한국 사람에게는 분홍색 꽃이 익숙하지만 흰색 무궁화엔 시원하고 청초한 나름의 매력이 있다.

정원사가 되고 얼마간은 무궁화에 크게 관심이 없었다. 왜인지 고급스러운 영국 장미들, 생전 처음 보는 화려하고 이국적인 꽃들에 비해 조금은 촌스럽다고까지 생각했다. 고향을 떠나 서울에서 대학 생활을 시작하면서, 세련되고 커다란 도시에 비해 고향은 작게만 느껴졌던 그때처럼.

그러나 많은 꽃을 알게 된 10년 차 정원사에게 무궁화는 유독 반갑고 그리운 고향의 꽃이다. 서울에서 알게 되는 사람들이 많아질수록 고향의 친구들이 보고 싶어졌던 것처럼. 고향을 촌스럽다 여겼던 것도, 무궁화를 외면했던 것도, 그때의 내가 작았기 때문이라는 것을 이제는 안다.

늦여름의 화단에서 잎은 짙어지고, 꽃은 피고 지며, 그 자리에 씨가 조용히 여물어 간다. 솜털이 보송보송 난 동그란 꽃봉오리를 여름 동안 여미어 쥐고 있던 추명국이 가을 초입의 시원한 바람에 못 이겨 하나둘씩 피기 시작한다. 흰색과 분홍색, 홑꽃과 겹꽃 등 각양각색이다. 보기 좋게 둥그런 꽃잎 가운데 노란 수술이 가지런하다. 아직 열리지 않은 꽃봉오리는 봄날의 작약보다는 작지만 그 단단함이 견줄 만하다. 땅속에 튼실한 뿌리를 깊게 내리고 옆으로 여유롭게 번지니 무엇보다 뿌리 힘을 키워 주는 것이 중요하다. 심은 첫해에 반드시 퇴비를 뿌리고 물을 자주 주어 뿌리가 흙을 쥘 수 있도록 도와준다. 그렇게 첫해 동안 자주 눈을 맞추며 제대로 자리 잡을 수 있도록 도와주고 나면 추명국만큼 무던한 화초도 드물다. 볕이 잘 드는 곳에서도, 큰 나무 아래의 어둡고 건조한 땅에서도 힘 있게 잎과 꽃을 틔운다.

추명국이 꽃을 피우기 시작하니 관목들 틈에서 여름 동안 눈에 잘 띄지 않던 가을국화가 뒤질세라 키를 높이지만 아직은 미진하다. 추명국이 만개하고 나서야 꽃을 피울 것이다. 가을국화는 화단 이곳저곳에 멋대로 피어 때론 미움을 받긴 하나, 뽐내지 않는 작은 꽃들의 소박함은 오히려 특별하다. 번지는 뿌리줄기는 깊지 않아 잠깐의 호미질로 얼마든지 뽑아낼 수 있어 따로 걱정하지 않는다. 어디에서나 잘 자라 주므로 그 뿌리줄기는 다른 화초들이

자라기 어려워하는 울타리나 큰 나무 밑으로 옮겨 심어
준다.

여름 동안 시원하게 피던 아가판투스는 통통한
꽃줄기 위에 제법 튼실한 씨를 맺었다. 씨가 떨어지면 자연
발아하여 곳곳에 어린잎들이 자라난다. 씨앗이 번지도록
그냥 두어도 되지만, 발아 후 꽃을 피우기까지 몇 년이나
걸리니 꽃대를 잘라야 할지 말지 매년 고민이다. 씨가 익어
가는 꽃대도 그 계절에 마땅한 모습이라는 점에서 매력
있지만, 혹시나 씨를 익히느라 기운을 다 써 버려 내년
꽃이 줄지 않을까 걱정이 되기 때문이다. 자를까 말까,
전지가위가 가죽집을 들어갔다 나왔다, 마음을 쉽사리
정하지 못한다. 이렇게 결정이 어려울 때면 '튼튼한 식물은
그저 그렇게 두어도 꽃을 잘 피운다.'는 가장 기본적인
원칙에 기댈 수밖에 없다. 튼튼한 아가판투스라면 올해
맺은 씨앗도 통통하게 익히고 내년에도 꽃을 잘 피우리라.

그러나 만일 맞지 않는 곳에 자라고 있으면
꽃대를 자르니 마니 아무리 손을 대도 비실비실하다.
씨앗이 어디에서 발아하여 잘 크는지 유심히 보면 각
식물이 편하게 느끼는 조건을 어렴풋이 가늠할 수 있다.

아가판투스의 씨앗은 흙이 깊고 부드러운 화단보다는 좁고 얕은 판석 사이의 틈에서 자주 발아하여 자란다. 난초처럼 희고 굵은 뿌리는 뻗는 힘이 좋아 척박한 틈에서도 야무지게 자리를 잡고 굵은 뿌리 속에 수분과 영양을 저장한다. 아프리카가 고향인 만큼 물 빠짐이 좋고 뜨거운 여름 볕에 빨리 달궈지는 얕은 흙이 편할 테다.

동백, 만병초, 삼지닥나무처럼 이른 봄에 큰 꽃을 피우는 관목들이 내년 꽃을 미리 만들고 있다. 얼마 남지 않은 햇볕의 따스함을 부지런히 그러모아 작은 꽃봉오리를 만들고, 가을의 시원한 바람으로 조금씩 부풀린다.

지금부터 자주 물을 챙겨 꽃이 떨어지지 않게끔 도와준다. 늦여름과 초가을 사이 자주 부는 강한 바람은 특히 잎의 증발량을 높여 꽃눈이 말라 떨어지게 한다. 동백과 만병초는 겹겹이 포개진 보드라운 꽃잎을 두꺼운 겉깍지로 감싸 겨울을 보낼 것이다. 그렇다면 깍지 없이 솜털만 보송보송한 삼지닥나무의 꽃은 어떻게 겨울을 보낼까. 게다가 상록인 동백과 만병초는 겨울의 눈과 서리를 같이 맞아 줄 잎이라도 있지만 낙엽수인 삼지닥나무의 꽃봉오리는 빈 가지 끝에서 홀로 긴 겨울을

보내야 한다. 그것이 억울해서 봄에 그토록 향이 짙은
것일까.

9월
첫째 주
수첩

오늘 밤은 영 잠자리가 불편하고
이런저런 생각들이 마음에 떠돈다

내일 아침 홍차 위의 김처럼 그저 잊힐 것들인데
떨쳐 내기가 여간 쉽지 않다

오늘 밤에는 바람도 많이 불어
잎사귀 비벼지는 소리가 잔뜩이다
이 밤에 부는 바람에 떨어진 잎들이
내일 가는 정원 잔디 위에 문득문득 놓여 있겠지
밤새 아무리 떨어져도 내일 치우면 그만이다

잎을 줍고, 잔디를 깎고,
화단 가장자리에 잡초를 정리하면

내일 아침에는 정원이 새것처럼 반듯할 테니
오늘 밤에는 얼마든지 바람이 불어도 괜찮겠다

한밤중 부는 바람도
마음을 휘젓는 생각들도
계절이 지나가느라 나는
작은 움직임일 뿐이고

그 계절을 살아 내는 것만으로도
나의 존재는 여기에 뿌리를 내린 것이니
그냥 오늘은 이렇게도 살아 보자

밤이 지나 내일이 밝으면
다글다글 만개한 가을국화가 가득이고
추명국은 때 없이 희고
은목서는 작은 꽃에 고향 단내를 잔뜩 품었을 테니

그 정원에 갈 때까지만
오늘 밤은 이렇게도 외로워 보자

2차 개화가 한창인 장미의 시든 꽃을 계속 꺾어 준다. 그러지 않으면 아무리 풍성하게 피고 있었더라도 씨앗을 맺느라 꽃을 피우는 힘이 약해지기 때문이다. 그러나 겨울이 한국만큼 춥지 않은 런던에서 12월 중순까지도 피어나기에, 손을 놓기에는 아직 이르다. 꽃이 이르러야 할 곳은 결국 씨앗일 텐데, 꽃을 오래 보고자 하는 사람의 욕심이 그 여정을 괜히 길게 만드는 듯하다. 더욱이 오랜 개량으로 수술이 꽃잎으로 변형된 겹장미는 꽃가루가 없어 수분을 할 수 없다. 사람 보기에 예쁘려고 씨앗을 맺지 못하게 했으면서 시든 꽃까지 잘라 내니 참 야박하다.

늦여름부터의 장미 손질에서 가장 먼저 겨울을 느낀다. 긴 가지 끝만 자르던 전지가위가 점점 밑으로 내려가고, 겨울에 만들어야 할 장미의 단정한 모양새가 머릿속에 그려진다. 뼈대까지의 주된 가지치기는 겨울에 하겠지만 그때를 떠올리며 긴 가지 중 절반을 미리 자른다. 손을 움직이는 사이, 하늘에서 내려 부는 바람에 서늘한 가을이 섞여 든다.

　　일하기 좋은 날씨에 전지가위를 들었으니 무엇이든 지금 하는 게 가장 좋다. 여름에 솟은 새 가지들은 언뜻 보기에는 튼실하나 아직 완전히 단단해지지 않아 가을바람에 꺾일 수 있다. 절반 정도로 줄여 주고, 늦가을까지 계절을 묻혀 익힌 후 새로운 주가지로 쓴다. 잎이 듬성해진 가지 사이로 초여름에는 잘 보이지 않던 죽은 가지들이 하나둘 드러난다. 겨울까지 두면 더 단단해져 자르기 힘들 테니 지금 잘라 준다.

　　마음에 드리운 겨울 생각을 달아나게 하는 것은 화려한 애기범부채다. 키가 큰 빨간색 애기범부채는 초여름에 일찍 펴 이미 시들었지만 자그마한 주황색은 이제야 만개했다. 가을이나 초봄에 털이 난 짙은 갈색 껍질로 덮인 알뿌리를 심으면 매년 꽃이 피고, 꽃이 진 후에는 작은 씨앗들이 여물어 주변으로 번진다. 빨간색은 햇볕이 잘 드는 화단에 심어 이목을 확실히 끌어 주고, 주황색은 그늘진 곳에 심어 꽃이 귀한 늦여름 은은하게 채워 준다.

　　그렇게 곱고 풍성했던 수국에 가을 물이 든다. 빨갛고 파랗던 일반 수국은 색이 희미해지고 흰 목수국에는

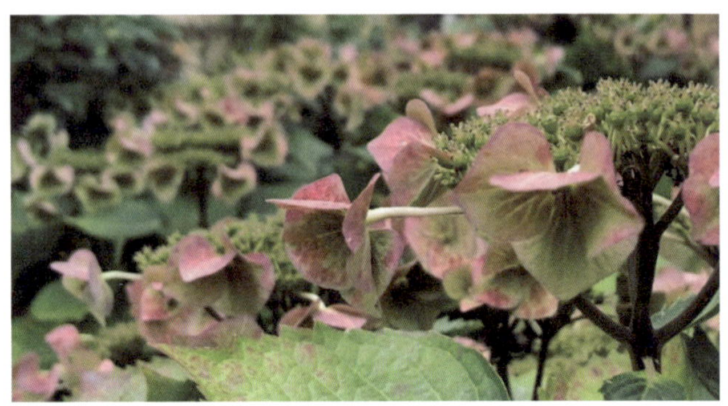

빛이 바래고 있는 수국

분홍의 티가 묻는다. 하루하루 빛이 바래는 수국도 늦여름 화단의 자연스러운 제 모습이니 그대로 둔다. 정원의 꽃과 나무, 공기에서부터 느껴지는 계절의 변화와 달큼한 흙 내음은 이미 충분하니 그 속에서 서성이는 나의 발걸음이 아름다운지 고민하면 그걸로 그만이다. 한 계절의 끝은 다음 계절의 시작이 되고, 그 이음새에도 아름다움이 있다. 시들어 가는 수국이 새로 피어나는 추명국에게 알맞은 배경이 되는 것처럼.

밤낮의 기온 차가 커지면서 공기 중의 수분이 저녁이 되면 땅으로 내려오고, 잔디의 잎날에 아침 이슬이 맺히기 시작한다. 목마른 화단에 이슬은 달고 가을비까지 이따금 내려 피죽도 못 얻어먹은 듯 시들시들했던 잔디에 조금씩 생기가 돈다.

잡초 하나 없는 잔디를 봐도 별다른 감흥이 없어, 기회가 있을 때마다 잔디를 들어내고 꽃과 나무를 심자고 손님들을 꼬드기지만 정원사를 업으로 삼았으니 일단 가을에 해야 할 관리를 한다. 여름 동안 흙 위에 차곡차곡 쌓인 말라 죽은 잔디를 장대 갈고리로 여러 번 긁어낸다. 뿌리줄기로 이리저리 번지며 자라는 잔디는 흙 위에 잔뜩 엉켜 있어 그 틈을 긁어내는 일이 제법 고되다. 한 번에 많은 양을 해치우겠다고 섣불리 덤벼들면 금방 지친다. 일은 이겨 먹어야 하는 상대가 아니다. 형태도 없는 것에 이기려고 덤비는 순간 오히려 짓눌리고 말아 버리니, 먼저 올바른 방법을 찾고 당장 할 수 있는 만큼만 해 나간다. 한 장소를 중간 정도의 힘으로 네다섯 번씩, 자주 쉬면서 꾸준하게.

　　잔디 전체를 내려다보며 일의 크기를 가늠하는 것도 금물이다. 눈은 손보다 게을러서, 남은 일의 양을 미리 계산해 버리고는 지레 겁을 먹는다. 하지만 갈고리를 쥐고 당기는 손은 생각만큼 피곤해하지 않는다. 지금 긁어내고 있는 바로 이 한 뼘만 보며 움직이고 있는 손을 믿는다. 해야 할 일을 하고 있는 그 과정이 중요할 뿐, 목적지는 잠시 잊어도 된다. 시작할 때 막연히 그렸던 도착점이 실은 존재하지 않을 수도 있고, 왜 그곳에 도달하려 했는지 도통 기억나지 않을 수도 있다. 일하는 동안 나도 일도 변하기 마련이다. 모든 것을 미리 내다보려는 과도한 현명함보다 지금 손에 쥔 갈고리를 한 번 당기는 것이 더 확실하다.

　　그러다 보면 어느새 죽은 잔디가 벗겨지고 검은 흙이 드러난다. 장대 빗자루와 송풍기로 군데군데 남은 부스러기를 마지막으로 쓸어 낸 뒤 비료를 한 움큼씩 뿌려 준다. 비료를 많이 뿌린다 해서 그만큼 더 잔디가 좋아지지는 않는다. 화학 비료의 경우 과하면 오히려 잔디가 까맣게 타 버린다. 포장에 명시된 권장량만큼이 가장 좋고, 최근 잔디가 가물었다면 비료를 주지 않거나 권장량보다 적게 주고 반드시 물을 뿌려 화학 성분을 희석해야 한다. 단, 그날 밤 비 예보가 있으면 빗물에 일을 넘겨 두고 다음 정원으로 향해도 된다. 시원하게 드러난 흙으로 신선한 공기와 비료가 스민다. 겹겹이 쌓여 있던 죽은 잔디 층이 없어진 덕분에 새살이 쉽게 돋는다.

　단조롭게 보이는 잔디도 그 속에서 잡초, 이끼와 서로 경쟁한다. 그늘진 곳에서는 이끼가 세력을 넓히고 빈 땅에는 어디선가 민들레 씨앗이 날아와 자란다. 어둑어둑 흐리고 비가 자주 내리는 런던의 겨울은 특히 이끼가 많이 번지니, 가을에 미리 긁어내고 비료로 잔디의 세력을 북돋운다. 가을의 잔디 관리는 춥고 긴 겨울을 나기 위한 준비다. 겨울잠 준비를 하는 곰과 다람쥐처럼 잔디도 살을 찌운다.

한동안 비가 없어

늦여름의 런던은 가물다

이번 주 화요일에 하루 종일 비가 내렸지만

잎에 묻어 증발했고,

땅속 얼마만큼 스며들었을까

개암나무와 자작나무의 성급한 낙엽으로

화단 사잇길 군데군데 노란 점이 있다

여름 동안 분주했던 손목 덕분에

화단에도 어느 정도의 질서가 잡혀 간다

지금 잠깐 머무르는 그 질서로

순간들이 단단히 여문다

아래부터 지는 부처꽃,

하나둘 개수를 늘리는 추명국,

수국과 팔손이의 하엽,

빨갛고 노랗게 색을 입은 토마토,

지난주 가지런히 정리한 쥐똥나무 울타리,

차분히 익어 가는 퇴비 더미,

흙색으로 그을린 팔뚝

늦여름의 순간들이 단단히 여문다

코스모스의 꽃잎은 추억이라고 부를 수도 없을
만큼 흐려진 기억처럼 얇고 아련하다. 자잘한 잎 사이로
긴 가지들이 높고, 위쪽에 풍성하게 핀 꽃들은 늦여름의
열기로 이리저리 부는 바람에 휘청인다. 제법 큰 크기에
비해 모양이 단출하고 색이 부드러워 강한 인상을
남기기보다는 마음속의 무언가를 뭉근히 불러일으킨다.
어릴 적 아버지가 운전하는 회색 타우너를 타고 어디론가
향했던 어렴풋한 기억. 목적지는 듣자마자 까맣게 잊었고,
아버지와 함께한다는 것만으로 신이 났다. 들꽃밭,
기사식당, 주유소가 차창 밖으로 스쳐 가고 코스모스는

더운 늦여름 바람에 흔들리고 있었다. 분홍과 흰 꽃잎이 어지럽게 흐르던 어린 날의 여행길. 눈앞에 있으면 쉽게 지나치지만 마음에 며칠이고 남아 흔들린다.

　매 계절이 그렇지만, 가을에는 특히 가지치기를 조심히 한다. 개나리, 캘리포니안 라일락, 삼지닥나무, 목련, 천리향 등 봄꽃을 피우는 관목들은 늦여름부터 내년 꽃봉오리를 만든다. 꽃눈들이 겨울의 서리와 눈을 애써 견디고 봄을 맞이할 텐데, 손을 대면 내년 꽃을 피기도 전에 꺾는 것과 다름없다.

　그러니 이때 필요한 것은 그 계절에 손대지 않는 것이 좋은 나무들을 그대로 두는 잠깐의 사려다. 다음번 꽃이 필 계절이 언제인지, 꽃눈이 달려 있는지 먼저 살핀다. 때가 아니면 놔두는 것 또한 손질의 한 방식이다. 어차피 올해 말까지 그리 많이 자라지 않으니 조금 키가 크더라도 지금은 두고, 내년 봄에 꽃을 보고 난 후 가지치기를 한다. 자연이 흘려보낸 시간의 길이를 생각하면 지금 반드시 자르지 않는다 해서 큰일 날 가지는 없다.

　바삐 움직이던 손을 멈추면 상념들이 들이찬다. 들이찬 두려움에 붙잡을 무언가를 서둘러 찾으니 온통 보이는 것은 꽃뿐이다. 매 순간 자라고 피어나는 꽃들은 간소하나 모자랄 것이 없다. 우연히 그곳에서 자라는 듯해도, 필요하지 않은 곳에 뻗은 가지가 없고 볕이 닿지 않는 잎이 없다. 볕이 많은 곳을 향해 가지를 뻗어 갈 때도 뿌리가 지탱할 수 있을 만큼만. 그 이상은 욕심부리지 않는다. 더함이나 덜함 없이 그대로 완전한 모습으로 피워 낸 꽃에는 벌과 나비가 찾아오고 잎에는 햇볕이 내린다.

　　수정이 되면 씨나 열매를 맺고 해가 닿지 않는 잎들은 누런 하엽으로 털어 낸다. 흙과 해에서 아주 적게만 취하고, 반드시 필요한 것들만 만든다. 그것만으로 충분하게 살아간다. 오래된 그 흐름 속에 잠깐 몸을 맡기면 상념의 찌꺼기들은 부드럽게 용해된다. 꽃이 꽃이기에 스며 나온 덤덤한 위로에는 거북스럽고 선명한 의도가 없다. 식물들은 매 순간 해야 하는 일들을 조용함 속에서 빠짐없이 해 나가고 있고, 그 단단함에 불완전한 마음을 기댈 수 있다.

알론 아저씨의 앞마당

Gravel Path with Stepping Stones
Viola
Hakonechloa
Mahonia
Brunnera
Agapanthus
Hydrangea
Pittosporum
Salvia
Leptospermum
Anemone
Fern
Chrysya
Fern
Agapanthus
Lonicera
Agapanthus
Liriope
Cornus Kousa
Pittosporum
Hydrangea
Nepeta
Stipa
Erigeron
Iris
Daphne
Echinops
Rosemary
Nepeta
Magnolia
Agapanthus
Anisodontea
Pittosporum
Salvia
Cornus alba
Sarcococca
Verbena
Hydrangea
Osmanthus burkwoodii
Liriope
Salvia
Anemone
Daphne
Liriope
Hydrangea
Cercis
Stipa
Agapanthus
Alchemea
Hydrangea
Iris
Hydrangea
Erigeron
Alon et Lisa
Front Garden

지금까지 맡았던 정원 중 가장 넓었고, 그만큼
일도 많았다. 식물 선택을 전적으로 맡겨 주신
덕분에, 좋아하는 아가판투스를 마음껏 심었다.

아가판투스

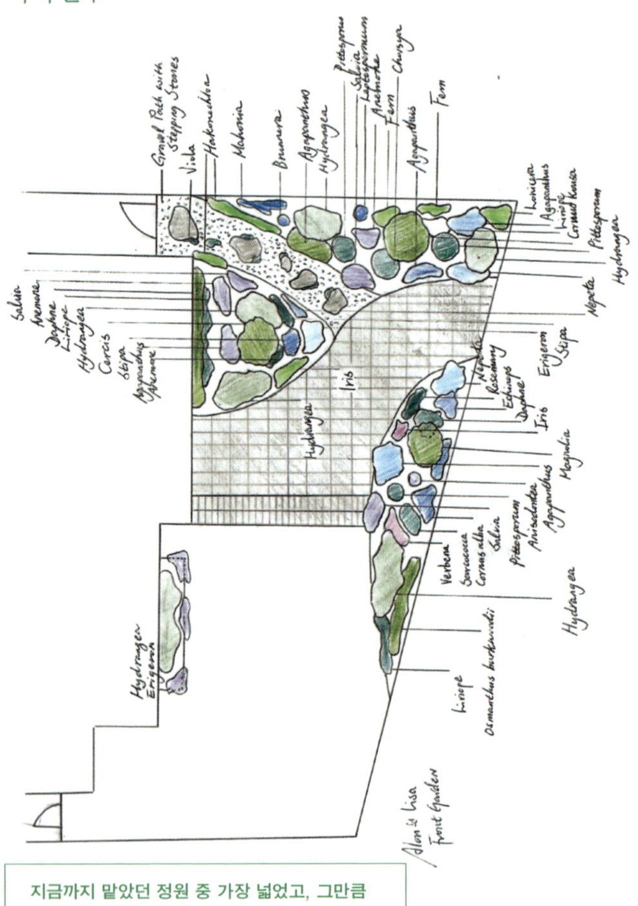

시클라멘

　이제 가을이 오는 것을 막을 수 없다. 차나 커피로 아침을 대신할 때가 잦은데 특히 10월부터는 반드시 따뜻한 음료로 몸을 덥혀야만 하루를 시작할 수 있다. 반소매 티셔츠 차림으로 집을 나서다가 잔털이 선 팔뚝을 비비며 재킷을 찾는다. 한두 시간 후면 화단 끝자락에 벗어 던지겠지만 우선은 입어야겠다. 올록볼록 보기 좋게 세월이 든 소맷자락 이음새에 해어진 실을 입으로 물어뜯는다.

　여름의 끝과 가을의 시작이 아슬아슬하게 맞닿은 10월, 마음에 변화의 바람이 선득 분다. 뜨거운 햇볕에 하루가 다르게 자라는 정원을 따라가느라 바빴던 여름이 지나고, 기분 좋은 서늘함이 느껴지니 다가올 계절을 볼

울새

여유가 생긴다. 여름이 가물고 가을에 비가 잦은 영국의 날씨 탓에, 오전에 방문하는 정원의 잔디는 대개 축축하다. 몇 발짝 딛지 않았는데도 금세 신발이 흥건히 젖는다. 그래도 여름의 열기가 남아 있는 따뜻한 흙에 초가을의 수분이 더해지니 땅이 부드럽게 열린다. 덩굴장미의 틈바구니에서 주황색 가슴팍을 들썩이며 우는 울새의 아침 인사 말고는 조용함만 가득 든 정원의 부드러운 흙을 조심히 밟는다.

가을은 풀의 계절. 영어로 그라스Grass라고 배웠지만 어떻게든 한글로 부르고 싶어 결국은 '풀'에 정착했다. 한자도 섞이지 않은 순한글이라 더욱 와닿는다. 어서 이리 와서 나를 봐 달라고 보채듯 화려한 꽃들도 좋지만 가을에는 편안하게 눈을 둘 수 있는 잔잔한 풀들에 마음이 간다. 가을 해 밑에서 길게 오른 풀들의 꽃대가 초저녁 바람에 흔들린다. 보이지도 않을 만큼 작은 꽃을 금세 피웠고 벌써 씨앗에 갈색 껍질을 입혔다. 풀, 추명국, 가을국화로 가을 화단이 풍성하다.

갈색으로 보기 좋게 익은 풀의 꽃대는 누렇게 익은 벼와 닮아 있다. 추석이면 외갓집을 향해 운전대를 잡은 아버지의 목덜미는 여름의 고생으로 짙게 그을렸고, 뒷좌석에 앉은 여동생과 나는 처음 한 시간 동안은 재잘거리다가 눈꺼풀에 내려앉는 따끈한 가을볕에 노곤해져 잠이 들었다. 잠결에 들렸던 사촌 형과 누나들의 취직 소식, 수금 일자를 맞춰 주지 않는 아버지의 거래처 이야기들. 이해할 수 없는 부분이 더 많았던 부모님의 대화를 조심스럽게 들으며 조금 더 자랐다.

등허리에 잔뜩 땀이 맺힌 채 실눈을 뜨면 황금색 벼가 일렁이는 시골길에 들어서 있다. 점심을 먹고 집을 나섰는데 해는 어느새 낮아졌고, 초가을 석양의 시작을 고스란히 받으며 보이는 모든 곳에서 따뜻하게 익어 가던 벼. 올해는 나락이 좋다며 허허 웃던 아버지와 자식들을 데리고 자신의 부모님을 뵈러 가던 어머니, 버선발로 나와 우리 강아지 왔나 하시며 엉덩이를 두드리던 외할머니.

오랜만에 본 친척들이 어색해 살갑게 몇 마디 말도 붙이지 못하고 외숙모가 지져 주신 김치전만 꾸역꾸역 입에 넣었던 어린 날의 명절 기억.

날은 점점 짧아진다. 오늘 런던의 일몰은 6시 26분. 앞으로 3분 후면 해가 진다. 가을의 어스름한 초저녁, 정원에는 은목서 향기가 가득하다. 무늬박태기나무 아래에서 여름내 가만히 있더니 이제야 작고 흰 꽃을 피운다. 이국적인 장미의 향기보다 은목서의 단내가 더욱 와닿는 이유는, 몇 해 전 이맘때쯤의 기억 때문일 것이다.

런던에 새로운 배기량 규제가 도입되면서 경유 차를 처분하고 새 차를 사야 했다. 규제 시행이 코앞이라 런던에서는 매물이 씨가 말라, 기차로 두 시간 떨어진 소도시의 한 중고차 회사까지 발품을 팔았다. 제법 먼 길이라 당시 옆에서 일을 도와주던, 사람을 좋아하고 실없는 농담을 즐기던 동향 동생 웅기에게 말동무를 부탁해 같이 갔다. 차를 사고 런던으로 돌아오는 길에 한 작은 꽃집이 눈에 띄었다. 참새가 방앗간 못 지나치듯 꽃 향기에 자연스럽게 이끌렸고, 이리저리 둘러보다 구하기가 힘들었던 은목서를 구석에서 발견했다. 큰 화분

가득 뿌리가 튼실하고 키도 내 가슴팍까지 오는 데다가
가격마저 괜찮았는데, 아마 영국에서는 잘 알려지지 않아
여태 팔리지 않은 모양이었다. 나랑 같이 런던 가자며
트렁크에 실으려니 세워서는 천장에 긁히고, 눕혀야 겨우
들어갔다. 비록 중고차였지만 말끔하게 청소된 시트에
흙이 잔뜩 쏟아졌다. 새 차에 흙 다 쏟아진다며 질색하던
웅기에게, 새 차 산 것보다 은목서 찾은 것이 더 좋다고
대꾸했다. 이래서 어떻게 세상을 살아가려는 건지, 하는
듯한 눈빛. 은목서의 향이 정원에 퍼지는 가을이면
같이 일하느라 고생이 많았던, 정 많고 따뜻했던 웅기가
생각난다.

🐋

  손끝이 시려 오면 알뿌리를 산다. 매년 하는 일이지만
항상 잊은 척 늦장을 부리고 만다. 쪼그리고 앉아 하나씩
심는 것이 고되어 일부러 모르는 체하고 싶은 마음도
없지 않다. 아침저녁으로 떨어지는 기온에 더 이상 미룰
수 없어질 때가 되어서야, 올해는 무엇을 심어 볼까 하며

웹사이트 몇 군데를 둘러본다. 나이를 먹을수록 고집은 늘고 취향은 확실해져 매년 장바구니에 담는 알뿌리는 대충 정해져 있다. 흰색 수선화, 보라색 알리움, 연보라색 튤립, 파란색 아네모네 블란다, 은방울수선화. 튤립은 1할 정도로 되도록 조금만 사고, 나머지 꽃들로 9할을 채운다. 알록달록한 튤립이 눈길을 끌지만 여름에도 서늘하고 축축한 런던의 화단에서는 잘 썩어 버리고, 다람쥐들이 겨울 식량 삼아 파헤쳐 속을 썩이기 때문이다. 반면 수선화와 알리움은 해가 갈수록 포기가 늘어나는데, 특히 알리움은 씨앗이 주변으로 저절로 번진다. 설강화와 꽃의 모양새는 비슷하되 훨씬 높고 튼실하게 자라는 은방울수선화도 믿음직스럽다. 아네모네 블란다는 심을 때 위아래 구분을 하지 않아도 되고 얕게 심어도 잘 큰다. 게다가 꽃대의 높이가 한 뼘도 채 되지 않아 화단 앞쪽에 제격이다. 어둡고 긴 겨울을 겨우 보낼 나의 눈을 환히 밝혀 줄 것들이니 되도록 넉넉하게 산다.

알뿌리는 내년을 향한 믿음으로 심는다. 이른 봄에 피어날 알뿌리를 한 해 전 가을에 심기에, 정원의 시작은 가을이라는 말도 있다. 꽃이 피어 있는 화초를 심으면 결과가 눈에 바로 보이지만, 알뿌리를 심고 나면 맨흙만 덩그러니 남는다. 당장의 보람이 느껴지지 않아 조금은 허무하지만 그래도 어찌하리, 시작해 버렸으니 멈출 수 없다. 여름의 열기가 가신 가을 흙에 깊게 구멍을 파 알뿌리를 지그시 눌러 넣고, 파낸 흙을 조심히 덮고 손바닥으로 살살 비벼 아무 일도 없었던 듯 남긴다. 땅속에서 길고 추운 겨울을 보낸 후 기다렸던 봄이 오면 아름답게 필 꽃들을 마음속에 피워 내야 한다. 이 꽃들이 피어나면 얼마나 예쁠까, 향기는 얼마나 좋을까, 몇 번씩 마음에서 피워 낸다. 가을 공기는 차갑지만 마음속에서는 수선화와 알리움이 한창이다.

　　쭈그려 앉아 알뿌리를 심느라 왼쪽 무르팍에는 벌써 진득한 흙때가 묻었다. 오와 열을 맞추기보다 다문다문 띄워 일부러 대칭을 부순다. 한 구덩이에 다섯 개, 다른 구덩이에는 세 개. 구덩이들은 가깝게, 멀게, 앞쪽, 뒤쪽, 띄엄띄엄. 공간이 넓으면 두 손으로 알뿌리를 한 움큼 쥐고는 휘 던져 떨어진 자리 그대로 심기도 한다. 한쪽에만 많이 몰려 다른 쪽은 듬성듬성해도 꾹 참는다. 한 종류를 모아 심다가 가장자리부터 점점 숫자를 줄이고 다른 종류를 늘려 가면 세월에 따라 자연스럽게 번지는 모습을 닮게 된다. 사람의 규칙을 최대한 줄이고, 일부러 심은 것이지만 원래 그곳에 있었던 것처럼 한다.

　　알뿌리는 제 크기의 적어도 서너 배 정도로 깊게 심어야 꽃의 무게를 지탱한다. 오늘 필까 내일 필까 기다리다가 그제야 핀 꽃이 하루아침에 쓰러지면 아쉬우니 한번 심을 때 심혈을 기울인다. 얕게 심어도 제 힘으로 성장에 가장 적합한 깊이까지 내려가기는 하나, 내 욕심으로 낯선 땅에 심는 것이니 괜히 끙끙대지 않게 수고를 덜어 주는 것이 도리다.

　　가을이면 다람쥐들이 겨울 전에 살을 찌우려고 바쁜데, 특히 잘 파먹는 튤립은 화분에 심을 때 철망을 덮어 막아 준다. 마른 흙이 얕고 척박한 튀르키예의 고산지대가 고향인 튤립은 꽃이 진 늦봄부터 뜨거운 볕으로 광합성을 해 알뿌리에 단물을 저장하고, 여름부터는 잎을 떨군 후 휴면한다. 이 휴면기에 흙이 질퍽하면 잘 썩는다. 그런데 영국의 봄날은 볕이 부족하고 흙은 연중 축축하므로 튤립에게는 여간 고되지 않을 것이다. 해마다 건강하게 피고 새끼 알뿌리가 늘어나는 다른 알뿌리 식물과 달리 열 개를 심으면 다음 해 일곱 개, 그다음 해에는 세 개 정도로 자꾸만 줄어든다. 꽃의 크기와 색을 화려하게 만들기 위해 오랫동안 개량된 품종들이라 외양은 보기 좋으나 스스로 살아갈 수 있는 야생의 튼실함이 부족한 탓이다. 볕과 배수가 좋은 자리에 마사토를 듬뿍 깔아 꽃을 본 뒤, 여름에는 파내어 보관했다가 가을에 다시 심으면 조금 낫다. 그래도 어딘가 억지스러운 느낌을 지울 수 없다. 맞지 않는 곳에서 해마다 붙잡고 있기보다 그 한 철 보는 것으로 만족하는 편이 마음도 편하고 불필요한 고생이 덜하다. 물론 한 시간 동안의 여흥을 위한 커피 한 잔 값으로 3주 동안 예쁜 튤립을 누릴 수 있으니 그것만으로 충분하다.

튤립이 한 해의 손님이라면 수선화는 해를 거듭할수록 자리를 잡는 친구다. 한 삽 넉넉하게 떠서 네다섯 개를 모아 심는다. 하나씩 심어도 시간이 지나면 주변으로 어린 알뿌리가 불어 송이가 커지지만, 처음부터 뭉쳐 심으면 봄에 더욱 자연스럽다. 더불어 다양한 수선화를 한꺼번에 심을 경우, 같은 종류끼리 모아 심어 주면 새끼 알뿌리로 번지는 수선화의 세월을 얼마간은

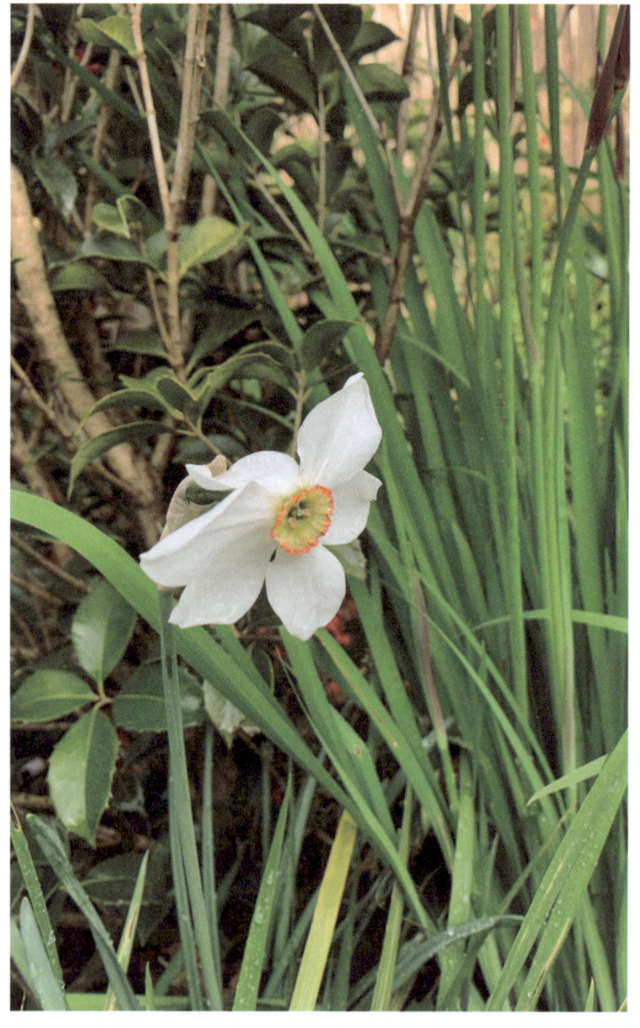

따라 할 수 있다. 오랜 세월이 묻은 모습을 짧은 기간에
만드는 셈이니, 알뿌리도 분재와 비슷한 구석이 있다.

올봄 단골 꽃집 핀칠리 식구들과 펍에서 '수선화는
흰색이냐 노란색이냐'를 주제로 한바탕 웃고 떠들었다. 집에
들러 아이들 저녁을 챙겨 주느라 조금 늦게 합류했더니
친구들은 이미 맥주를 몇 잔 비운 후였다. 자리에 앉자마자
대뜸 들어오는 질문. "민호, 너는 흰색과 노란색 중 뭐가 더
좋아?" 봄의 수선화는 역시나 활기찬 노란색이 제일이라는
노란색 파와, 흰색 수선화의 그 청초함을 어떻게 노란색이
이길쏘냐 하는 흰색 파의 논쟁이 한창이었나 보다.
우선은 대답을 아끼고, 느긋하게 맥주를 한 잔 받아 오자
다들 눈을 동그랗게 뜨고는 너는 어느 쪽이냐며 다시
한번 재촉한다. 꽃 사며 배달받으며 일주일에 두세 번씩
만나지만 언제 봐도 반가운, 꽃과 잎에 대해 같이 이야기할
수 있음에 감사한 얼굴들. 노란색 파에게는 미안하지만
질문을 받을 때부터 답은 이미 정해져 있었다. "당연히
흰색이지!" 내 대답에 "역시!" 반가운 탄성과 "너마저!"
아쉬운 목소리가 동시에 터져 나온다. 그리고 한바탕 웃음.
공원의 넓은 잔디밭에 가지런히 심긴 노란색

수선화도 분명한 매력이 있다. 그러나 나는 작은 정원 이곳저곳에 자연스럽게 송이 지어 핀 흰색 수선화를 더 좋아한다. 간지러운 봄볕에 이제 막 잎눈을 틀기 시작한 관목들 사이에서 작지만 단단하게 반짝이는 흰색이 섬세하다. 한 꽃대에 여러 개의 꽃이 달리는 탈리아*Thalia* 품종은 가운데 나팔 부분까지 모두 흰색이어서 곱다. 중심의 짙은 주황색 테두리가 꿩의 눈과 닮았다고 해서 꿩눈 수선화라고도 불리는 페전츠아이*Pheasant's Eye*는 다른 수선화보다 느지막이 피어나 심어 두면 봄기운을 길게 느끼게 해 준다. 향기가 강한 수선화도 많고 떼떼아떼떼*Tête-à-Tête*처럼 작지만 튼실한 품종도 있어 선택의 폭이 넓다.

수선화 위로는 키가 크고 둥그런 꽃이 다글다글 피어 오르는 알리움을 많이 심는다. 꽃은 화려한데 병충해 걱정이 적고 해마다 착실하게 번지니 인기가 많은 이유가 있다. 보라색 퍼플센세이션*Purple Sensation*이 가장 흔하고, 흰색의 마운트에베레스트*Mount Everest*도 군데군데 섞어 심으면 예쁘다. 앰배서더*Ambassador*는 비싸지만, 유독 크고 화려하니 눈요기를 위해 꾹 참고 몇 개씩 장바구니에 담게 된다. 비싼 만큼 심은 곳을 잘 기억해야 나중에 실수로 파내거나 잘라 버리지 않는다. 서로 너무 가깝게 심으면 꽃눈이 다른 잎에 덮여 휘거나 썩을 수 있으니 최소 10센티미터씩 간격을 띄워 심는다.

튤립, 수선화, 알리움을 심고 나면 덜 흔한 알뿌리들도 자리를 찾아 준다. 은방울수선화*Leucojum*는 이름과 달리 수선화*Narcissus*와는 다른 속屬의 식물인데, 수선화 못지않게 잘 자라 주어 해마다 빠지지 않는다. 높은 꽃대에 흰 꽃이 조롱조롱 매달려 있는 모습이 어딘가 겸손해 보여 마음이 간다. 색과 모양이 다양한 패모도 즐겨 심는다. 왕패모는 화려해 눈요기로 심기 좋고, 뱀 가죽을 닮은 무늬가 있는 뱀머리패모는 축축한 땅에 다섯에서 열 개를 송이 지어 심든 하나씩 띄엄띄엄 심든 나름의 운치가 있다. 아주 얇은 잎과 꽃대에 비해 꽃이 크고 둥글어 그 대비가 좋다. 아네모네 블란다도 화단 앞쪽으로 한 주먹씩 뿌리듯 심는다. 흰색과 파란색이 있는데, 흰 수선화의 아래에는 파란색이 어울려 해마다 파란색만 잔뜩 산다. 정원은 결국 나의 마음이 가는 대로 채워진다.

🐌

　　가을에는 다가올 봄을 위해 퇴비를 뒤집는다. 퇴비
더미에는 봄부터 여름까지 정원사의 고생이 조용히
내려앉아 있다. 수선화의 시든 잎, 수국의 시든 꽃, 개나리와
고광나무를 가지치기하고 남은 흔적들. 잔디와 울타리를
정리하는 날이면 내 키보다 높이 쌓아 올린 퇴비에서
뜨끈한 열기가 오른다. 제법 부지런을 떤 날에는 잔뜩
높아졌다가 그다음 주면 내려앉고, 다시 높아졌다가
내려앉기를 반년. 이제 잘 묵혀 내년 봄에 돌려줘야 한다.

　　가장 윗부분부터 파서 옆 퇴비장으로 옮긴다.
윗부분의 새것은 제일 아래로 가고, 아래의 묵은 것이
위에 쌓인다. 켜켜이 쌓인 과거 속에 현재의 숨을 불어
넣는다. 퇴비장을 건드리는 일은 언제나 거칠고 고되어서,
재킷과 셔츠까지 벗어 던지고 어느새 반소매 차림이 된다.
등허리에서 뽀얀 김이 오르고 숨이 턱에 닿는다. 급한 숨은
마치 모닥불을 피울 때 불길을 살리려고 부는 입바람 같다.
강렬하게 타오르다가도 이내 잠잠해지는 장작처럼, 지금
섞는 퇴비도 남은 날들 동안 뭉근히 타오르리라. 뾰족한

장미 가시도, 동글동글한 쥐똥나무잎도 뭉근히 익어 내년 봄엔 왔던 곳으로 돌아가리라. 그 온전한 순환은 완전해서, 그 속에 존재하는 것들, 그리고 반소매 차림으로 비지땀을 흘리고 있는 초라한 내 모습도 얼마간은 완전해지리라.

겉에서 보면 그저 조용한 가지들과 잎 더미지만 한 삽 떠 보면 그 속은 꼬물거리는 것들로 가득하다. 혼비백산 튀어 오르는 톡토기와 축축한 잔디 밑에서 꾸물거리는 지렁이들이 퇴비의 주인이다. 바깥세상이 어떻든 이 작은 녀석들은 잎과 가지를 쪼아 대고 소화해 검고 부드러운, 숲 내음이 나는 퇴비를 만든다. 그냥 두면 알아서 보슬보슬하게 만들 터인데, 꼭 내년 봄에 써야겠다고 조용한 가을날 부산을 떠는 정원사들이 성가실 것이다.

옆 정원의 퇴비장에서 고약한 냄새가 풍겨 온다. 잔디나 잎처럼 초록색인 것만 잔뜩 쌓아 두면 수분이 과해지고 밀도가 높아져, 퇴비 더미 안으로 바람이 통하지 않아 썩은 내가 진동하게 된다. 귀찮더라도 마른 잎이나 잘게 잘린 가지를 같이 넣어 더미 사이사이로 공기 길을 틔워 주고, 두 계절에 한 번씩은 소매를 걷어붙이고 뒤집어야 단 흙냄새가 나는 퇴비를 해마다 만들 수 있다.

같은 재료라도 가만히 두면 썩어 버리고, 들추고 뒤집으면 삭아서 좋은 거름이 된다. 부패와 발효는 언뜻 보기에는 비슷하나 이렇게나 다른데, 그렇다면 나는 잘 발효되고 있는 것일까. 지금으로서는 알 길이 없으니 부패하지 않기 위해 이렇게 땀 흘리며 퇴비를 뒤집고 있는 것일지 모른다.

굵고 긴 가지들은 썩는 데 오래 걸리고 뒤집을 때 걸리적거리니 퇴비 더미에 넣기 전에 잘게 자른다. 전지가위나 분쇄기로 그때그때 잘게 자르는 수고를 들여야 한다. 하지만 이론과 실전은 다른 법이다. 다음 주에 와서 자르지 뭐, 오늘 피곤하니 이 정도는 그냥 둬도 되겠지. 올 한 해 꾀부렸던 순간들이 쌓이고 쌓여 뒤집을 때가 되면 여간 고되지 않다. 처음에는 열댓 번 삽질에 한 번 쉬던 것이 한 시간이 지나면 세 번에 한 번이다. 나이 탓, 꾀부린 탓, 지렁이 구경, 팔자타령, 머리가 핑 돌다 다시 맑아지고 이제는 득도하겠구나 싶을 무렵 일이 끝난다.

퇴비장은 허름하지만 중요하다. 산이나 들에는 시든 잎이나 죽은 가지처럼 계절의 변화에 따라 생겨나는 허물이 머물러 있다. 하지만 정원은 조금 달라서, 계절의 때를 그때그때 걷어 내고 사람의 눈에 가장 보기 좋은 부분만 남겨서 즐길 수 있게 하는 것이 정원 가꾸기의 핵심이다. 그 걷어 낸 때가 향하는 곳이 퇴비장이다. 꺾고 긁어낸 조각들은 구석에서 조용히 썩는다. 잠깐 이곳에 머물다가 내년 봄에 왔던 곳으로 되돌아갈 테니 급하지 않다.

탐스러운 장미와 소박한 가을국화, 보기 좋게 정리된 사철나무의 뒤편에는 퇴비 더미가 묵묵히 버티고 있다. 정원에서 일어나는 예쁘고 향기로운 일을 든든히 지원해 주니 퇴비장은 고향 집의 다용도실 같다. 볕에 변색된 김치냉장고와 통돌이 세탁기가 웅웅거리고 천장의 빨랫줄에는 색색깔 양말이 널려 있다. 한쪽 신문지 위에 애호박과 고사리가 꼬들꼬들 말라 가고 선반에는 파랗고 검은 봉투에 무엇인가가 가득 담겨 있다. 거실에서 멀리 떨어진 집 안 한구석, 가장 눈에 띄지 않는 그곳에서 매 끼니 따뜻한 국과 제철 나물 반찬이 차려지고 잘 개켜진 빨랫감들이 놓인다. 삶의 아름다운 순간들을 만들어 주는, 소박하나 모자랄 것 없는 다용도실은 자신의 허름함을 모른다. 자식들의 취직과 결혼과 손주들의 재잘거림을, 삶이 가져다주는 크고 작은 기쁨을 지키기 위해 기꺼이 뒤에 머무시는 고향 집의 부모님. 자신의 꾸밈새보다 자신으로 인해 이루어지는 것들이 빛나는 모습을 바라보는 존재는 겸손하나 가볍지 않다.

며칠 전부터 가을비가 잦더니 어젯밤엔 기온이 4도까지 떨어졌다. 밖에서 키우던 실내 식물들을 집 안으로 전부 들였다. 아이들을 재우고 나선 밤 산책에 얼굴이 시큰하고 잔털이 곤두선다. 긴 겨울의 첫 한기를 느낀다.

밖에서 일하는 정원사를 업으로 삼은 만큼 계절의 변화가 가깝게 다가온다. 가을 한가운데서 길고 추운 겨울의 시작이 언뜻 보일 때면 두렵기도 하다. 장미와 과실나무 가지치기로 할 일이 없지는 않지만, 추위에 손이 얼어 여기저기 생채기가 난 지도 모르다가 집에 와 따뜻한 물로 손을 씻을 때면 따갑고 쓰라리다. 그래도 정원에는 계절마다 서로 다른 꽃이 피어나고, 정원사의 하루하루도 그에 따라 새로워진다.

화단을 눈으로 훑다가 뿔남천 밑에서 꽃을 올리는

조용하지만 단단한 시클라멘 헤데리폴리움

시클라멘을 발견한다. 매년 보아도 반가워 한기에
짓눌렸던 호흡이 뚫리고 탄성이 절로 나온다. 잎맥이
두드러진 아이비*Hedera*의 잎*Folium*을 닮아 시클라멘
헤데리폴리움*Cyclamen hederifolium*이라는 학명을 가진 가을
시클라멘은 콩나물처럼 가는 꽃대를 잎도 없이 먼저
올린다. 하나둘 피어날 때는 잘 보이지 않다가 연분홍색
꽃이 대여섯 개 달리기 시작하면 비로소 눈에 띈다.
누군가가 보든 안 보든 나는 여기서 꽃을 피운다오, 하는 듯 고집이 있다. 관목 아래 그늘진 땅, 사람의 시선이 덜한 곳이 이 꽃의 자리다.

이맘때쯤, 꽃이 크고 때로는 가장자리에 주름까지 잡혀 있어 시선을 끄는 개량 품종 시클라멘이 꽃집에 진열된다. 다만 모양을 위해 개량된 녀석들인지라 실내에서 애지중지 키워도 쉽게 무른다. 필요한 수분과 영양이 이미 알뿌리에 저장되어 있고, 성장하기 시작하면서 돋는 뿌리는 잘아서 물을 많이 빨아들이지 못하는데, 보통은 그 반대로 물을 너무 많이 주기 때문이다. 또한 흙에서 증발한 수분이 커다란 잎의 아래쪽에 고여 곰팡이가 쉽게 번진다. 반면 시클라멘 헤데리폴리움은 비록 작지만 꽃잎이 옹골지고 단단하며 추위에도 강해 노지에서도 잘 자란다. 한번 피기 시작하면 3~4주 동안 수많은 꽃을 서두르지 않고 하나씩 피워 낸다.

땅 위에 작게 피우는 꽃들이 그렇듯 시클라멘의 수정은 개미처럼 낮게 기어다니는 곤충들이 맡는다. 그래서 꽃도 아래를 바라보고 있다. 수정이 된 꽃들은 씨앗을 맺고 꽃대가 어릴 적 가지고 놀던 용수철 장난감처럼 둥글게 말린다. 씨앗은 주변으로 조금씩 퍼진다. 이듬해 봄까지 잘생긴 잎으로 태양의 열기를 부지런히 알뿌리에 저장하고, 여름에는 잎을 떨구고 잠시 쉰다. 찹쌀떡 크기의 알뿌리를 가을에 심어 몇 년 키우면 두꺼운 빈대떡 크기로 커진다. 이 모든 순환이 조용한 정원 한구석에서 조용히 일어나므로, 그늘에서 빛나는 시클라멘의 작은 꽃을 알아차리는 것은 온전히 사람의 몫이다.

눈길이 닿지 않는 곳의 꽃을 찾아내는 동안, 눈길을 주고 싶지 않은 것들은 잠시 잊힌다. 그렇게 꽃과 잎을 보며 인생의 흠을 가려 본다. 일상의 자잘한 흠 속에 널브러져 있는 스스로를 마음 깊숙한 곳에 품고 매일 정원에서 서성인다. 이제 남은 가을은 고작해야 한 달, 빠르게 지나갈 계절의 꼬리를 가장 아름다운 모습으로 보낼 수 있도록 땅속 깊이 지지대를 세운다. 보드라운 꽃대를 상하지 않게 끈으로 조심히 묶는다. 잘 서 있는 꽃이 도리어 나를 지지한다.

조금 기울인 꽃대가 가을의 자세니 억지로 바짝 세우려고 하진 않는다. 계절마다 식물의 기울기가 다르듯, 그 순간을 이해하고 느슨하게 묶어 둘 뿐이다. 그것이

유지되는 시간의 길고 짧음에 대해 기대하거나 고민하지 않는다. 시간은 고르게 흐르기보다 문득 일어난 특별한 순간들이 점으로 찍히고, 그다음의 특별한 순간으로 빠르게 건너가는 듯하다. 다소 느슨하게 묶여진 늦가을의 꽃대가 내일의 강한 바람에 꺾인다고 해서 지금 이 순간에 가장 적당하게 기울어진 모습의 특별함이 사라지지 않는다. 이 꽃대를 묶고 나면 나도 화단 구석에 벗어 던져 둔 목장갑처럼, 분주한 일상을 치러 내느라 잠깐 곁에 둔 이야기의 작은 조각들을 모아야겠다. 어떻게 엮을지 당장은 알지 못하더라도 우선 모아 두기만 한다면 이리 쏟아지고 저리 흩어지는 와중에 뭉쳐야 할 것들은 뭉쳐진다. 그렇게 손을 움직이며 시간을 적어 나간다.

10월
셋째 주
수첩

10월이 되니 깻잎이 누레졌다
따도 따도 계속 나던 들통에
가을 색이 들었다
쌉싸름했던 수육 쌈도 이제는 지나간 여름

긴 가지의 끝에 작은 흰색 꽃이 핀다
사나흘에 한 번씩 내리는 잦은 가을비에
찾아드는 벌이 있을는지

자글자글 씨를 맺으면
고향의 가을 하늘과 닮은 날 걷어서 털어야겠다
아이들이 좋아하는 떡볶이에 듬뿍 뿌리고
남은 몇 톨은 내년 봄에 파종해야겠다
복스러운 떡잎이 나면 다시 온 봄을 반겨야겠다

10월 중순이 지나자 가을국화의 꽃잎이 바래고
희끗희끗 씨앗이 보인다. 세력이 강하여 넓게 번지니
초록색 꽃줄기를 바짝 잘라도 미안한 마음이 덜하다. 잦은
가을비로 땅이 부드러워져, 너무 많이 번진 뿌리줄기를
호미로 캐기 좋은 때다. 땅 위에 조그맣게 난 잎들은 서리가
아무리 내려도 꿋꿋하게 겨울을 난다. 버들마편초의

꽃대에도 보라색 꽃잎보다 갈색 씨앗이 더 많아졌다.
가장 오래된 긴 가지들이 이리저리 엉켜 다소 번잡스럽고,
다글다글한 씨앗 위에 이슬까지 맺히니 그 무게를 견디지
못해 쓰러지거나 꺾이곤 한다. 가지들을 조금 잘라 주면
그나마 화단에 생기가 돌겠지만, 11월에도 드문드문 새
꽃을 피우니 아직은 마음에서 놓지 않는다.

　계수나무에도 낙엽이 지기 시작한다. 초봄 빈
가지에서 돋아나던 분홍색의 작은 새잎들은 꽃보다
예뻤고, 여름 동안은 둥그런 사랑 표 잎을 건강히 내었다.
땅을 유달리 좋아하는 탓에 아무리 물을 자주 챙겨 주며
키워도 화분에서는 피죽도 못 얻어먹은 듯 비실비실하지만,
앞마당 귀퉁이에 뿌리 내린 계수나무는 건강하게 자라
주었다. 퇴근길에 지나치며 보던 잎 가장자리에 가을
물이 묻었나 싶더니, 가을비가 한 차례 내리고 기온이 뚝
떨어지자 어느새 전부 노랗게 변해 있다. 조만간 불어올
바람에 우수수 떨어질 것이다. 새로 피어날 꽃에 대한
기대보다는 피어 있는 것들의 저무는 과정을 같이하고
싶다는 차분함이 내려앉는다.

　은목서 향에 웅기가 떠오르듯 낙엽이 지면 이곳을

떠나간 사람들이 보고 싶어진다. 꽃들이 피고 지는 것을 보며 일하지만 사람과의 헤어짐은 도통 익숙해지지 않는다. 날이 어두워질 때까지 얼굴에 흙과 잎을 묻혀 가며 같이 일했던 동생들은 잠깐의 외국 생활 후 자기 자리로 돌아간다. 짬이 날 때마다 통화하며 이곳과 그곳의 소식을 나눈다. 고향 집밥에 살이 올랐고 길었던 머리를 멀끔하게 이발했다는 근황과 기말고사, 대학원 진학, 치열한 구직 활동 이야기들. 저마다 다른 소식을 전하면서도 영국이 그립다는, 흙냄새가 생각난다는 말만은 빠지지 않는다. 꿈을 품고 도착한 외국에서 어쩌다 우연히 나를 만나 같이 정원을 가꿨을까? 꽃은 당장 지더라도 내년에 다시 필 거라는 기약이 있지만, 언제 다시 만날지 알 수 없는 그들을 떠올리면 마음에 슬픔이 드리운다. 언제나처럼 아이들의 등교를 챙기고 부랴부랴 작업복을 챙겨 입다가 떠나간 사람들과 점점 잊혀 가기만 할 기억들에 잠깐 멈춘다. 내년이면 다시 필 꽃들을 돌보느라 돌보지 못했던, 내 옆에서 잠깐 피었던 사람들. 사람이 많지 않은 내 정원에 기꺼이 와 피었던 그 꽃들.

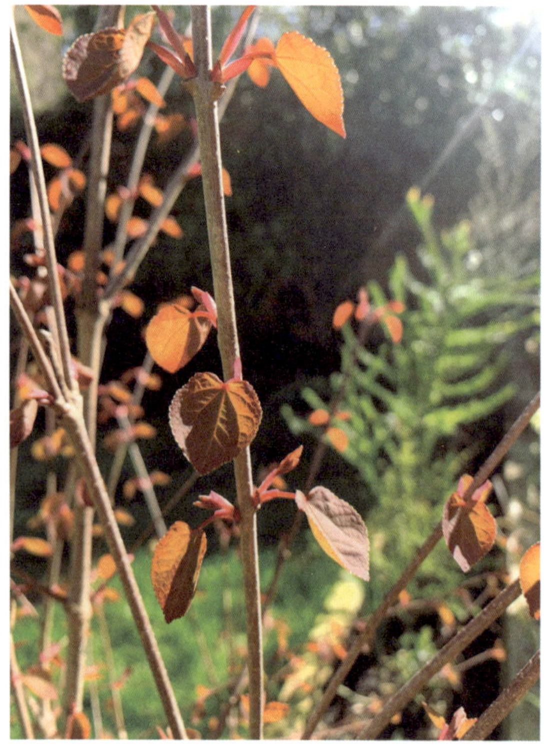

꽃보다 더 예쁜 계수나무의 연한 봄 첫 잎들을 기억하며……

사과나무

　　서머타임이 끝나고 하루가 더 일찍 저문다. 가을비에
축축한 기운이 깊게 스민 두터운 양모 외투는 무겁고,
차갑게 식은 소맷자락에 넣은 팔이 잠시 어색하다.
작업복을 챙겨 입고 올라탄 아침 차 안에는 젖은 낙엽
냄새가 고여 있다. 뒤칸에 놓인 잔디깎이 바닥에서 비릿한
풀내가 스며 나오고, 알뿌리를 심느라 굳게 쥐었던 모종삽
손잡이는 반들반들하다. 어제 쓰고 말아 놓은 장갑은
아직도 축축하고 전지가위에는 하룻밤만큼의 정직한 녹이
슬어 있다. 히터를 틀어 창문에 뿌옇게 서린 성에를 걷어
내고, 더운 여름 어느 날 벗어 둔 후로 이제는 행주가 된
남색 면 티셔츠로 연신 물기를 닦는다. 이슬과 비로 범벅이
된 사이드 미러는 소맷자락으로나마 대강 닦지만, 머릿속에

뿌옇게 낀 성에는 미처 닦지 못했다. 해, 바람, 비를 맞으며 정원사로서 지나온 여러 번의 계절. 왔던 것처럼 가야 하는 계절들의 시작과 끝에 이제는 익숙해질 만도 한데, 늦가을부터 짧아지는 하루하루가 여전히 낯설다. 정원에 도착해서도 일감이 눈앞에 보이고 나서야 손이 움직인다. 알뿌리도 이제 거의 다 심어 가고, 낙엽을 치우며 점점 다가오는 겨울을 느낀다.

자작나무, 개암나무, 버드나무, 사과나무, 무화과, 포도……. 낙엽수들은 이만치나 깊어진 가을에 더 이상 어쩔 도리가 없다는 듯 후드득 잎을 떨군다. 빨갛고 노란 점들이 정원에 내려앉는다. 여름 동안에는 서로 다투며 피어나는 꽃을 보느라 낮은 화단에 자주 머물던 시선이 나무로 향한다. 뒷짐을 지고 고개를 뒤로 젖히니 어느새 깊어진 파란 하늘과 그 공간을 가득 채운 가지들이 눈에 쏟아져 들어온다. 밟은 땅에서 새 발걸음을 딛지 않았으니 분명 서 있는 자리는 그대로인데, 완전히 다른 세상으로 옮겨 온 듯하다. 어떤 나무든 줄기가 향하는 곳은 하늘이다. 자라는 데 필요한 볕을 내려 주는 하늘에 조금이나마 더 가까이 가기 위해 굵은 가지를 높게 내고,

조금이나마 더 넓게 껴안기 위해 가는 곁가지를 내었다.
낙엽수의 잎이 떨어지는 가을은 하늘을 향한 나무의
사랑이 선명하게 드러나는 계절이다.

11월
첫째 주
수첩

고슬한 땅에는
아직 여름의 온기가 남아 있고
한 번씩 내리는 가을비도 차갑지 않다
정원을 만들기에 좋은 계절이다

몇 주 전 차에 도둑이 들었다
옆문을 드릴로 뚫어 열고 한 짐 들고 갔다

오래 쓴 전동 톱은 새로 사면 그만인데
한 달 전 샀던 울타리 정리 기계에는
어찌 그리 미련이 남는지

그래도 일을 해야 하니 부랴부랴 새로 샀고

먼지 진득한 트렁크에 새 장비만 반짝인다

불안한 머릿속을 누가 들여다보기라도 했는지
정원 의뢰가 연달아 들어온다
이 정도면 올 한 해 마무리는 그럭저럭 되겠다

토요일 아침 꽃집에서 두어 시간
심어야 할 것들로 가득한 손수레에서
남은 11월을 내다본다

민들레 꽃씨처럼 내린 가을비에 젖은 낙엽이 화단과 잔디에 여기저기 달라붙어 있다. 무엇에든 덮이는 것을 싫어하는 잔디는 일주일만 지나면 낙엽 아래서 누렇게 뜬다. 봄에는 비료를 주고 여름에는 적어도 2주에 한 번은 깎아 준다. 가을에는 기죽지 말라고 낙엽도 불어 줘야 하니 어지간히 손이 많이 간다. 야생에서는 잎을 길게 내고 한 촉 한 촉 도톰하게 자랄 텐데, 정원에서는 짧고 평평하게 키워진다. 잔디는 정원에서 면적을 가장 크게 차지하는 식물인 데다가, 원래 자라게 되어 있는 모습을 바꾸려는 것이니 당연히 품이 많이 든다.

다른 계절에는 배터리를 끼워 쓰는 가볍고 조용한 송풍기를 쓰지만, 가을비에 젖은 낙엽을 치우려면 창고 한쪽에 둔 기름 송풍기를 꺼내야 한다. 그간 뽀얀 먼지를 두른 채 낮잠 자는 고양이처럼 세상 느긋했던 녀석은 올해 처음으로 시동을 걸자 놀랐는지 말을 듣지 않는다. 삐걱삐걱, 덜덜, 줄을 몇 번이나 당긴 후에야 어쩔 도리가 없겠다는 듯 시동이 걸린다. 소리가 유난스럽고 매캐한 연기를 뿜어 대는 기름 장비보다는 되도록 손 장비를 쓰려고 하나, 받는 돈의 가치와 주어진 시간의 관계를 생각하지 않을 수 없다. 개인적인 소신은 마음에서 조용히 돌본다. 돈을 받는 업이니 주말에 잠깐 내 정원에서 여흥 삼아 잡초를 뽑는 것과는 달라야 한다.

많은 양의 축축한 낙엽을 치우기에는 기름 송풍기가 알맞다. 인정하기 싫지만 얄궂게도 어쩔 수 없다. 새들도 쥐똥나무 울타리 속에서 잠깐 쉬느라 한없이 조용했던

정원이 날카로운 소음으로 요란해지고 촉촉한 땅에서 스며
나온 달큼한 흙내를 텁텁한 매연이 휘젓는다. 이웃집 창고
위에서 말랑한 손을 가슴팍에 소복이 묻은 채 졸음에
잠겨 있던 삼색 고양이도 어느새 어디론가 가 버렸다.
아이고, 이래서야 원, 미안하기도 하고 스스로도 눈살이
찌푸려지니 최대한 빨리 끝내고 전원 스위치를 부랴부랴
내린다. 덜덜거리던 송풍기가 드디어 멈추자 주목 울타리
건너편으로 물러나 있던 조용함이 다시 가지런히 들어찬다.

처음 정원사가 되기로 마음먹은 후 일했던 정원
회사들에서는 기름 송풍기를 많이 썼다. 런던 한복판에
이렇게 큰 집이 있구나, 입이 떡 벌어지는 커다란 저택은
코끼리가 살아도 될 듯했고, 어디가 끝인지 가늠이 안 될
만큼 넓은 정원 화단에는 크고 작은 꽃과 잎이 가득했다.
무엇이 저렇게나 예쁘게 피었나 싶어 다가가는데 그쪽이
아니고 이쪽이야, 팀장이 불렀다. 정원은 저기인데 어디로
가는지, 한참을 따라가 도착한 곳은 정원 구석의 테니스
코트. 떨어져 있는 몇 안 되는 잎을 불어 내려고 두 명의
정원사가 한 시간 동안 시끄러운 기름 송풍기를 들고
유난을 떨었다. 어쩌다 한 번 하겠지 싶었지만 알고 보니

정원사가 해야 하는 중요한 일과 중 하나였다. 기름 송풍기가 영 내키지 않아 회사를 나와 홀로 정원 일을 시작하고 한동안은 고집스럽게 손 갈고리와 빗자루만으로 일했다. 시간은 더 걸리더라도 기름 장비에 못 미치는 힘의 차이를 손의 부지런함과 동작의 효율성으로 채우려 했다. 하지만 해가 지나며 관리하는 정원의 숫자가 늘어나고, 큰 연립 주택의 공동 정원도 맡게 되면서 손 장비만을 고집할 수 없게 되었다. 결국 그렇게 싫어했던 기름 송풍기를 사서 가을에만 잠깐 쓰고 있다.

낙엽이 많으면 손 긁개로 어느 정도 모은 후에 남은 것들을 송풍기로 불어 마무리한다. 젖은 낙엽은 웬만큼 무거워서 송풍기의 강한 바람에도 뭉그적뭉그적, 어떻게든 모아 보려고 끙끙거려도 뒤적거리기만 하며 허송세월하기 일쑤다. 그럴 땐 8할 정도는 손 긁개로, 드문드문 남은 나머지 낙엽은 송풍기로 스윽 불면 금방이다. 일에 맞는 장비와 방법이 있고, 그렇게 하는 고생은 끝맛이 달다. 손 긁개를 단단히 쥐고 잔디 위에 쌓인 낙엽만 살살, 여러 번 튕겨 내듯이 쓸어 낸다. 힘을 줘서 한 번에 다 쓸어 내려고 욕심을 부리면 안 그래도 부쩍 약해진 가을 잔디가 곪히면서 상한다. 넓은 곳을 정리할 때는 먼저 마음속으로 몇 개의 구역으로 나누고, 각 구역의 잎을 포대 자루에 담아 치운 후 마지막으로 남아 있는 잎들을 송풍기로 정리한다. 지름길은 따로 없으니 눈보다 부지런한 두 손을 믿고 정확하게 움직이면 된다.

앞마당에서 낙엽을 치우고 있으면 지나가는 사람들이 "That's a losing game.(질 싸움을 하고 있네요.)"라며 한 마디씩 보탤 때가 있다. 그러면 "I will lose if I aim to remove all the leaves. But my aim is to remove 80% of them, so I always win.(다 치우려고 마음먹으면 지겠지만, 8할만 치우는 것이 목표라 매번 이깁니다.)"라고 대꾸한다. 하늘은 높고 나뭇잎은 떨어지니, 기지가 절로 생긴다.

쓸어 낸 잎은 한데 모아 정원 구석에 두고 썩힌다. 노랗고 빨간 잎들은 탄소가 많아 초록 잎이나 잔디에 비해 썩는 데 오래 걸린다. 비닐봉지에 담아 꽁꽁 묶어 한 2년은 묵혀야 화단에 뿌릴 수 있을 만큼 고슬고슬하게 삭는다.

울타리나 창고 뒤에 던져 두고 잊고 있으면 어느 봄날 예기치 않은 즐거움이 된다. 앵초나 얼레지처럼 낙엽수 밑 유기물 함량이 높은 토양에서 잘 자라는 꽃들을 심을 때 몇 주먹씩 섞어 주면 흙이 가볍게 열린다. 가끔은 잔디 위의 낙엽을 따로 치우지 않고 그냥 잔디깎이로 밀고 지나가기도 한다. 잎이 날에 잘게 부서지고 질소가 많은 잔디까지 섞여 봉투 안에서 훨씬 빨리 삭는다.

잎이 초록색인 것은 엽록소 때문이고, 엽록소에는 질소가 가득하다. 잔뜩 높아진 하늘에서 겨울의 입김이 스멀스멀 내려오면 늦가을의 낙엽수들은 엽록소 안의 질소를 거두어 줄기와 뿌리에 저장한다. 봄이면 자라날 새잎들 주려고 겨울 동안 질소를 꼭꼭 모아 두는 것이다. 엽록소가 빠져나간 잎에는 노랗고 빨간 탄소만 남는다. 그러니 단풍은 끝이 아니라 월동 준비의 색이다. 늦가을에 플라스틱 들통 앞에 쪼그려 앉아 어머니가 골고루 비벼 놓은 빠알간 김장김치 속처럼. 돼지고기가 끓고 있는 냄비 뚜껑이 달그락달그락 들썩이며 구수한 향을 뿜고, 아버지는 연신 주방을 서성이며 수육이 익기를 기다리셨다. 그렇게 젊은 날의 부모님은 김치를 비비고, 된장을 지지고,

돼지고기를 삶으며 자식들의 마음에 집밥 냄새를 잔뜩 버무려 키우셨다. 커 버린 자식들이 떠난 주방에는 이제 어떤 집밥의 냄새가 있을까.

단풍나무와 화살나무 밑은 붉고 은행나무 밑은 노랗다. 한 그루의 나무가 흙을 쥐고 있는 뿌리의 너비만큼, 둥치가 땅을 만나는 곳을 중심으로 둥그렇게 쌓였다. 이곳과 저곳을 가장 빠르게 잇고, 효율적으로 구획된 공간만이 남은 거리에서 몇몇 나무들은 가로수라 불리며 자란다. 가끔 올려다볼 짧은 순간을 위해 봄에는 꽃을 피우고 여름에는 그늘을 드리운다. 방해되지 않도록 가장자리로 둥근 잎을 내다가 가을이면 회색 도로에 노랗고 빨간 잎을 잔뜩 내린다. 길고 추운 겨울이 다가오니 더 가까이서 안아 주려는 듯 이곳저곳에 크고 작은 동그라미를 만들어 둔다.

봄과 여름 동안 뿌리는 내내 푸르를 수 있게 묵묵히 잎을 보살폈고, 가을이 되자 잎은 가장 좋은 색을 예쁘게 들여 뿌리에게 다가간다. 움직일 수 없으니 떨어지는 수밖에 없다. 한 해 동안 보살펴 준 것에 대한 고마움을 담아 따뜻한 색으로 감싸안는다. 한 나무에서 서로 가장 멀리 떨어져 있었지만 가깝게 연결되어 있던 두 친구가 한 해의 마지막쯤에 잠시나마 만난다.

나에게도 그런 친구들이 있다. 까까머리 학생 때는 가깝게 맞닿아 있었다가, 각자의 삶이 향하는 곳으로 걷다 보니 이제는 멀리 떨어져 살고 있지만, 멀리서도 이어져 있다고 믿고 살다 가끔 만나 서로를 도닥인다. 잘 살았냐고, 그사이 어떤 일들을 겪고 또 극복해 내었는지 속속들이 알지 못하지만, 그래도 이렇게 다시 만나 마음을 나눌 수 있어 기쁘다고.

스스로에게도, 주변에도 그저 좋은 것만을 만들어 냈던 잎들 역시 각자의 자리에서 매 순간 충실히 올해를 보냈다. 이른 봄 깍지를 떨구며 조심스럽게 잎을 틔운 뒤에 여름 동안 가장 좋은 위치에 하나하나 소중히 펼쳤고, 다른 것들이 가진 것을 빼앗아 오지 않고도 먼 곳에서 넉넉히 비춰 오는 볕만으로 설탕과 산소를 만들었다. 진득하고 단 초록 물이 흐르는 잎은 진딧물과 애벌레들에게, 부지런히 낸 잔가지는 울새의 둥지로, 꿀과 꽃가루는 나비와 풍뎅이에게, 고소한 열매는 다람쥐에게 돌아갔다. 광합성으로 만든 설탕은 조금 따로 챙겨 뿌리에 붙어 있는 균사에게도 나누어 주었다. 마지막으로, 꽃과 잎으로 사람에게 기억을 주었다. 어디에나 흔하게 있는 빛 하나로 이 모든 것을 만들어 내고는 아까운 기색 없이 내주기만 했다.

끊임없이 타오르는 태양의 빛과 열이 가늠하기 어려운 먼 공간을 지나 지구를 덥히고, 식물들의 잎에 닿는다. 늦가을, 한 해의 태양 빛이 뜨겁게 쌓인 잎들을 그러모아 포댓자루에 넣고 푹 삭힌다.

가을의 정원에는 장미 정도가 새로 필 뿐, 나머지는 여름부터 오래 피어 온 꽃들이 마지막을 보내고 있다. 낮아지는 해 밑에서 띄엄띄엄 남은 꽃들 사이로 계절이 기운다. 관목 샐비어의 길어질 대로 길어진 꽃대, 추위로 잎이 말리기 시작한 푸크시아, 이제는 지지대보다 더 높게 자라 쓰러지기 시작한 달리아, 씨앗이 잔뜩 맺힌 가을국화와 버들마편초……. 화초들도 이제 잎과 줄기의 기운을 땅속뿌리로 옮긴다. 쥐손이풀, 애기범부채,

아이리스의 누렇게 시든 잎을 자른다. 아직 단물이 남아 있는 초록 잎들은 얼마 남지 않은 가을빛에 광합성을 하도록 남겨 둔다.

　당분간은 분기, 반년, 혹은 일 년에 한 번 방문하는 정원들까지 모두 다니느라 바쁘다. 한 해의 마지막으로 달려가는 11월에는 말끔하게 정리된 정원으로 겨울을 보내려는 손님들로부터 한꺼번에 연락이 온다. 수첩을 꺼내 짧아진 낮 시간을 조각조각 쪼개고 그 옆에 정원의 이름과 방문할 시간을 적는다. 오랜만에 보는 손님과 반갑게 인사하고 들어선 정원은 서먹하게 나를 맞이한다. 작년 이맘때쯤 왔던 정원에는 더도 말고 덜도 말고 딱 일 년만큼의 잎과 가지들이 자라 있다. 분꽃나무 밑에는 잡초가 그득하고 덩굴장미의 축 늘어진 가지가 잔디에 닿을락 말락 한다. 버들마편초와 가을국화가 얽혀 있고 월계수도 잔뜩 웃자라 있다. 아이고, 일 년 동안 한 번도 손을 보지 않으셨네, 싶다가 마음을 고쳐먹는다. 정원을 어떻게 관리하는지는 각자의 선택이니 방문의 횟수로 섣불리 흠잡거나 평가해선 안 된다. 매년 잊지 않고 연락을 주는 것에 감사함을 가지면 그뿐이다.

웃자란 등대풀과 남천의 아래쪽 가지들, 동백 위를
덮으며 자라고 있는 클레마티스를 걷어 각 식물들의 가장
보기 좋은 모습을 찾고 서로의 사이에 균형을 맞춘다.
월계수 가지는 바짝 잘라 자른 단면이 다른 잎에 가려
보이지 않게 하고, 덩굴장미는 묵은 가지를 솎은 후 새
가지를 묶어 가지들이 겹치지 않게 한다. 잡초를 뽑은 흙은
손바닥으로 비벼 정돈한다.

기운차게 일하고 적극적으로 변화를 꾀하지만, 그
변화의 마지막은 자연이 으레 보이는 모습과 닮아 있으면
좋겠다. 미간을 찌푸린 채 아무리 무게를 잡고 노려봐도
사람의 시선은 자연의 아름다움에 비하면 모자랄 뿐이니
최대한 억지스럽지 않게 균형을 맞추려고 노력한다.
정원사의 손길이 드러나지 않으면서도 부쩍 예뻐 보인다면
그것으로 충분하다.

새로운 의뢰가 많아져 주말에는 꽃을 사느라,
평일에는 심느라 바쁘다. 흙에 여름의 잔열이 희미하게나마

남아 있으면서도 공기는 서늘한 11월은, 잎에서 증발하는 수분의 양이 적어 새로 식물을 심어도 뿌리의 부담이 덜하다. 가을비가 잦아 물 마를 걱정도 덜해서 새로 심은 식물들이 자리 잡기에 좋은 환경이다. 그래서 누군가 언제 꽃과 나무를 심는 것이 좋은지 질문해 오면 봄과 가을이라고, 그리고 둘 중에서 하나를 고르라면 가을이라고 답한다. 춥지 않은 가을에 심은 식물은 겨울이 오기 전에 뿌리를 내릴 시간이 있다. 낙엽수들은 잎도 이미 떨어져 증발하는 수분이 없으니 안심하고 뿌리를 뻗는 데에 집중할 수 있다. 한잠 자고 일어나면 활력이 나듯, 앞으로 자라야 할 정원에서 겨울잠을 자고 난 식물들은 봄부터 활기차게 잘 자란다.

삽 머리를 발로 쿡쿡 밟아 구멍을 파고, 심은 후에는 쪼그려 앉아 퇴비를 덮어 줘야 하니 가장 허름한 작업화를 신는다. 쪼그려 앉으면 가죽 작업화의 접히는 부분이 닳기 때문에, 오래되어 옆구리에 구멍이 난 낡은 작업화가 이럴 때 제격이다. 정원이 꼴을 갖출수록 정원사의 행색은 초라해진다.

정원을 새로 만드는 일은 녹록지 않다. 식물과 퇴비,

인건비 등 들어가는 돈의 액수가 커지면서 손님들의
기대도 함께 높아지기 때문이다. 높은 기대는 만족시키면
보람되지만 그전까지는 부담이다. 게다가 정원에는 제철이
있어 의뢰가 분산되지 않고 한꺼번에 많이 들어온다.
이번 달에도 새로 만들 정원이 대여섯 개. 각 정원에 대해
고민할 수 있는 시간도, 실제로 방문해 작업할 수 있는
시간도 항상 부족하다. 진득하게 시간을 들여 구석구석
만지려다가도, 다음 정원에 가려면 어서 이 정원을 끝내야
한다는 생각이 들어찬다. 부랴부랴 마무리 짓고 다음
정원으로 가기 위해 차에 시동을 걸 때면 아쉬움이 남는다.
대나무에 묶여 있는 재스민을 철삿줄에 수평으로 묶어
줄걸, 등대풀 주변으로 에리시멈을 몇 촉 심어 줄걸, 고사리
중간중간에 꿩의다리를 심어 초여름에 높이를 더해 줄걸,
퇴비를 더 두툼하게 했어야 했나……

　　　한 해에 스무 개 가량의 정원을 만들게 된 지 5년이
넘었고, 지금까지 많은 정원을 계획하고 만들며 좋아하는
나무와 화초를 마음껏 심었다. 처음에는 스스로 부족함에
겁을 잔뜩 먹고 어떻게든 더 잘 만들어 보기 위해
끙끙댔다. 스치듯 언급한 작은 요청도 수첩 한쪽에 적어

두었고, 정원 하나하나에 무언가 다른 특별함을 심으려고 고민했다. 다행히 그 씨앗들은 싹을 틔우고 곁가지를 뻗었다. 정원을 하나 만들고 나면 별다른 홍보 없이도 그 손님의 친구, 친척, 지인들에게 연달아 새로운 의뢰가 들어왔다. 그렇게 몇 개의 정원을 더 만들었고, 들키지 않으려고 마음 한편에 숨겨 둔 겁은 은근슬쩍 어색한 자신감으로 변했다.

하지만 감사함으로 소중히 돌보지 않은 자신감은 보기 싫은 자만심으로 쉽게 부패해 버린다. 다음에 만들 정원에서 잘하면 되지 뭐. 잘하고 있으니까 계속해서 의뢰가 들어오는 거겠지. 이 정도만 심어도 예쁘네, 빨리 끝내고 다음 정원으로 가야 해. 매달 구독하는 잡지에 소개된 예쁜 정원들을 봐도, 나도 시간만 충분하면 이렇게 만들 수 있지, 다 아는 꽃들이고 뭐 별것 없네. 그렇게 쉽게 흘려보낸 순간들이 결국에는 차곡차곡 쌓여 지금의 나를 만들었을 테고, 이대로 괜찮은 것인지 알 길이 없다.

스스로의 흠에 비하면 세상이 건네준 기회는 넘칠 만큼 충분했다. 의뢰받은 정원은 하나하나 특별했고 손님들은 친절했다. 꽃집에는 그 계절 아름답게 핀 꽃들과

시원스럽게 높은 나무들이 가득했고 꽃집 친구들은
언제든 배달해 줄 테니 걱정 말라고 말해 줬다. 든든한
동료들도 곁에 있었다. 그렇게 충분한 조건에서 좋은
재료로 만든 정원에도 아쉬움이 남는 이유를 돌아본다.
일상의 피로, 조금 부족한 예산, 궂은 날씨, 이런저런
변명을 둘러대지만 부족함은 어떻게든 드러나기 마련이다.
조금의 부족함은 당연하지 않냐며 쉽게 보낸 순간들은,
사라지지 않고 한쪽 옆구리에 콕 박혀 있었다. 거기에
맞춰 몸이 굽어진 건 아닌지 걱정이 된다. 굽어진 틈새로
술술 빠져나가는 것들을 더 이상 놓치지 않도록 더욱
꽃과 나무를 들여다봐야 한다. 그 색과 향기, 자라는
형태와 꽃이 피고 지는 시기를 기억해야 한다. 처음 정원에
들어서던 순간 한 촉씩 시선을 오래 두고 눈을 맞추던
때처럼.

조디와 마이클의 정원

사과나무

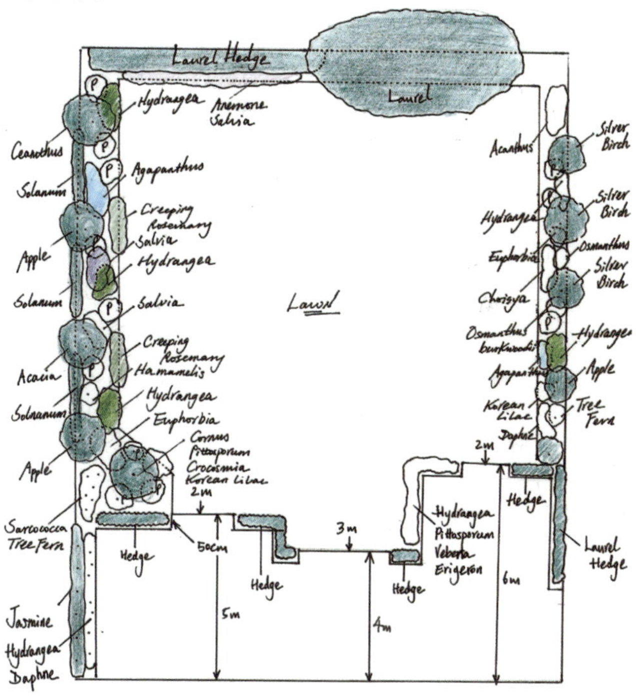

석판과 잔디가 만나는 부분마다 크기가 다른
화단을 만들어 재미를 주려 했다. 원래 석판
자리에 사과나무가 세 그루 있었는데, 집과 너무
가깝게 붙어 있어 화단 쪽으로 옮겨 심었다. 제법
묵은 나무라 자리를 잡을 때까지 물을 부지런히
챙겨 줬다.

겨울

호랑가시나무

올해 들어 처음으로 기온이 영하로 떨어졌다. 아침 정원은 잎과 가지에 내린 서리로 반짝인다. 살짝 디딘 발아래로 잔디가 사사삭, 평화로운 겨울잠을 방해하지 말라고 나름의 경고를 건넨다. 이제 무화과의 잎은 모두 떨어졌고 빈 가지에는 미처 익지 못한 과일들이 줄을 맞추어 조롱조롱 달려 있다. 연못에 떨어진 이런저런 잎들을 건져 내느라 젖은 손이 시리다. 수면 위를 빼곡히 덮은 수초들 덕에 크고 무거운 무화과의 잎도 아직 가라앉지 않았다. 밑 부분이 초록색 이끼로 보기 좋게 덮이기 시작한 낡은 토분에서 초여름부터 쉬지 않고 꽃을 피운 피튜니아, 로벨리아, 베고니아도 첫서리에 시들었다. 기대하지 않아 더욱 반가웠던 빨간 꽃을 가을 느지막이 피웠던 파인애플 세이지도 추운 기운에 놀라 기가 죽었다.
이번 서리는 그럭저럭 견뎌 냈지만 다음 서리에는 아마도
동해를 입으리라. 그러니 지금 핀 이 꽃들을 눈에 가득
담아 둔다.

　　가을국화의 꽃대는 이미 까맣게 시들었고 창포와
붓꽃도 묵은 긴 잎을 누렇게 내며 겨울을 준비한다.
시든 꽃을 꺾지 않아 열매가 맺힌 장미는 이제 그대로
둔다. 꽃만큼 예쁜 빨간 열매는 먹을 것이 귀한 이 계절,
작은 날갯짓으로 부지런히 정원을 날아다니는 새들의
차지다. 크리스마스 장식을 하기에 좋은 섬개야광나무와
호랑가시나무도 덩달아 빨간 열매를 맺었다. 연말 분위기를
내기 위해 떨어진 자작나무의 가지들은 엮어서 천장에
걸어 둔다. 개암나무와 떡갈나무도 서둘러 잎을 떨구고,
아직 심지 못한 알뿌리들을 심으려 삽을 찔러 넣은 땅은
두터운 겨울 기운에 차갑게 식어 있다.

　　두꺼운 양말을 두 개나 껴 신은 발이 작업화 안에서
두툼하니 포근하다. 작업화의 코와 밑창 이음새에 묻은
잔디의 서릿발은 좀처럼 녹지 않고 발을 차갑게 감싸,
양말 두 겹에도 발이 시린 것은 여전하다. 밤사이 얼어

사각거리는 땅을 밟으며 정원으로 들어갈 때면, 이제
막 잠이 든 아이들의 방에 개어 둔 빨래를 안고 들어갈
때처럼 조심스럽다. 아이들이 일어난 아침에 정리해도
되는데 굳이 이 밤에 부산을 떨고 있나 싶다가도, 해야
할 일을 그때그때 하는 것이 더 좋은 나이가 되었나 보다.
바닥을 살금살금 딛고 숨까지 참아 가며 옷장을 조심히
열고 양말은 양말 칸에 바지는 바지 칸에 넣어 둔다.
첫째는 이불을 턱 밑에 움켜쥐고는 한쪽으로 누웠고
둘째는 어떻게 된 영문인지 위아래가 반대로 누워 있다.
두 팔은 귀에 닿을 만큼 높이 올렸고 배의 맨살이 한 뼘
정도 드러나 있다. 첫째의 머리를 한번 쓰다듬고 둘째의
이불을 잘 덮어 준다. 잘 때 큰다는 아이들을 행여 깨울까
조심조심.

　　겨울잠을 자고 있는 정원에서 그 안의 것들에게
있어야 할 자리를 찾아 준다. 그간 풍성하게 오른 살이
벗겨지고 난 정원의 뼈대를 본다. 각 식물들이 있어 온
자리를 잘 관찰하고 내년에도 그 자리에서 온전히 자랄
수 있도록 균형을 맞춘다. 라일락을 타고 올라가기 시작한
아이비를 뜯어내고, 추명국과 너무 가까워지기 시작한

사철나무의 가장자리를 정리한다. 어쩌다 땅에 닿은 인동덩굴은 금세 뿌리를 내리고는 근처의 장미를 꼬아 타며 자랐다. 내년이면 장미를 덮어 버릴 테니 꼬아진 방향의 반대로 빙글빙글 돌려 가며 풀고 땅을 문 줄기를 걷어 낸다. 막 심었을 때는 화단 앞에서 조그맣게 예뻤던 관목 샐비어가 몇 해를 지나며 묵어 커졌다. 잔디 쪽으로 삐죽 튀어나와 잔디를 깎을 때마다 걸리고, 샐비어가 만든 그늘 아래의 잔디는 둥그렇게 비어 버렸다. 그래, 이제는 화단 중간에서 다른 큰 녀석들과 어울려 커도 되겠다 싶어 파서 옮긴다. 담벼락 너머의 들판에 자란 풀과 나무는 스윽 바라보고 지나치지만 정원 안에서는 자르고, 뜯어내고, 솎아 내고, 파낸다. 가만히 두지 않고 연신 손을 댄다. 여간 성가신 게 아닐 텐데 식물은 또 그저 가만히 그 요란스러운 변덕을 다 받아 낸다.

정원은 언제나 좁아서 그 안에 자라는 식물의 잠재력을 모두 품어 줄 수 없다. 작은 모종 안에서 귀여웠던 로즈메리도 땅 맛을 보며 몇 년 자라면 옆의 등대풀 옆구리를 파고든다. 화단 앞에서 낮게 자라라고 심었던 사철나무도 이제는 묵어 두툼하고, 수직으로 오르는 새 가지들이 뒤의 샐비어보다 높아진다. 로즈메리도 사철나무도 자랄 수 있는 만큼 마음껏 자라게 두고 싶다. 하지만 초봄에 예쁜 등대풀의 연두색 꽃도, 여름내 쉬지 않고 피는 샐비어의 빨갛고 흰 꽃도 보고 싶다. 산과 들에서 마음 편히 지내던 수많은 꽃과 나무 중 사람의 눈에 보기 좋은 몇몇만 추려 좁은 공간에 오밀조밀 심었으니, 그 속의 균형을 다시 맞추는 수고는 사람의 몫이다.

12월
첫째 주
수첩

가끔 모든 게 완벽한 순간이 있다
해야 할 일이 적당히 쌓여 있고
그 일을 제대로 해낼 만큼의 시간이 있다

지난밤 동백의 잎이 달빛에 번지르르할 때까지
메말라 뒤척이게 하던 상념이
장미를 쥐고 있는 손바닥을 통해 어디론가 달아났다

사과나무의 가지 틈 사이로 간간이 내려오는 볕에

잔디는 곳곳이 반짝인다

피어야 할 꽃들은 피어 있고
져야 할 꽃들은 이미 졌다

손목에 힘을 주어 가위를 거두고
곁눈으로 잠깐 보는 정원은 아름답다
손은 바쁘고, 속은 조용하다

자연은 그렇게 정해진 대로
모든 것들이 언제나 완벽한데
사람인지라
그 속에서 가끔, 그리고 잠시만 느낀다

일 년 동안 허리춤의 가죽 가위 집을 드나드느라 쉴
새 없었던 전지가위와 상록수들의 모양을 잡느라 사각거린
긴 가위를 돌봐야 한다. 하루에도 몇 번이나 가위들과 손을

맞잡고 장미와 수국의 시든 꽃을 꺾고 회양목을 정돈했다. 그렇게 고생을 시켰는데도 손잡이는 반질반질 광이 나니 새삼 고맙다. 쓰고 나면 바로 가위 집에 넣는 게 지금은 손에 익었지만, 초짜일 때는 옆에 두었다가 깜빡해서 몇 개를 잃어버렸다. 퇴비장에서, 혹은 화단 한구석에서, 녹이 슨 채 길 잃은 고양이처럼 덩그러니 앉아 있는 녀석들을 몇 번이고 되찾았다. 아직 찾지 못한 녀석들은 어디서 겨울을 나고 있을까. 정원에 들어가면 오른손이 저절로 허리춤의 가위 집으로 올라간다. 종종 서부의 총잡이가 된 기분이 든다.

전지가위나 긴 가위는 하루에도 몇 번씩 쥐니 되도록 좋은 것을 사서 오래 쓰려고 한다. 10년 전 일을 시작할 당시에는 스위스제 펠코*Felco* 제품이 품질이 좋다고 여겨지며 널리 쓰였다. 처음 일했던 정원 회사는 꽃집도 같이 운영했는데, 다른 저가 제품들과는 달리 빨간 손잡이의 펠코 제품들은 계산대 옆 고급스러운 장식장 안에 따로 가지런히 진열되어 있었다. 나도 이제 정원사가 되었으니 전지가위는 하나 있어야지 싶어 출근 일주일 전 동네 철물점에서 고르고 골라서 샀던 전지가위가,

펠코에 비하니 아이들 장난감처럼 하찮아 보였다. 한두 달 고민했을까. 어느 날 마음을 크게 먹고 나도 펠코 하나 주세요, 구매하고는 손에 쥐니 묵직했다. 그리고 그 무게는 어딘지 모르게 익숙했다.

처음 비행기를 타고 런던으로 가면서 바라본 창밖에는 까마득한 어둠 속에서 수많은 별이 반짝이고 있었다. 그 별들을 내려다보며 어쩌면 이렇게도 멀리 갈까, 열 시간이 넘도록 두근거림이 사그라지지 않았다. 그리고 15년을 이 먼 곳에서 살아 보니 기쁨과 동경인 줄로만 알았던 그때의 떨림 속에 두려움도 어렴풋이 숨어 있었다는 것을 알게 되었다. 내가 나로서 존재하기 위해서 항상 까치발을 들어야 하는 타향살이. 문득 고개를 숙이면 정강이에 언제나 서려 있는 그 무게.

전지가위는 딱 그만큼 묵직했고, 그래서 더 꽉 쥐었다. 힘에 부칠수록 더 꽉 쥐어야 했다. 놓아 버리는 순간 나는 땅바닥에 털썩 떨어지고 나 아닌 무언가가 어디론가 향해 걸어가는 것을 바라보고만 있게 될 듯했다. 어렸던 나의 콧잔등을 툭툭 만지던 크고 두툼한 아버지의 손에는 특별한 든든함이 담겨 있었고, 그 무게 있는 손길이 나를 지탱해 주었다. 지금도 마음 밑바닥에 가라앉은 앙금들이 휘저어져 앞이 뿌옇게 흐려질 때, 손에 잡히는 묵직한 사물을 굳게 쥐게 되는 이유다.

날이 무뎌지면 가지를 자를 때 불필요한 힘이 들어간다. 뚝딱 잘리지 않으니 날을 비틀게 되고, 그 버릇이 반복되면 아무리 단단한 무쇠 날도 이음새가 벌어진다. 무뎌진 날은 손쉽게 세울 수 있지만 날을 쥐고 있는 쇠 자체가 휘면 아무리 애써도 서로 맞물리지 않는다. 이미 벌어진 틈 사이에 낀 가지가 잘리지 않고 헛돌아 틈이 점점 더 벌어진다. 장비마다 자르기 적당한 굵기가 있다. 굵은 가지는 손잡이가 길고 날이 단단해 힘을 크게 전달하는 긴 손잡이 양손가위나 톱으로 잘라야 하는데, 장비를 바꾸는 것이 귀찮아 한 손 전지가위로 끙끙대다가 날이 휜다.

그럴 땐 잠깐 멈춰서, 억지로 힘을 들이는 대신 적당한 장비가 무엇일지 차분히 생각을 정리한다. 그리고 톱을 가지러 차로 천천히 걸어가며 숨을 고른다. 결과는 찰나에 불과하고 삶의 대부분은 과정으로 이루어진다. 성과가 없으면 과정조차 의미를 잃게 되는 요즘이지만, 정원에서 식물을 만질 때만이라도 도 닦는 흉내를 내

본다. 웃자란 분꽃나무의 가지 하나를 자르는 다소 허망한
순간에도 어깨를 훌훌 털고 과정을 하나하나 밟아 간다.
울새든 다람쥐든 갈색 고양이든, 잠깐 불어와 눈썹을
식히는 바람이든, 정원에서는 눈치 주는 이가 없으니
그러기에 참 적당한 공간이다.

　　그 과정을 함께하는 장비가 나의 게으름 때문에
고통받지 않도록, 일하는 중간에도 짬을 내어 휴대용
숫돌로 날을 세운다. 그리고 한 달에 한 번 아이들이 잠든
저녁이면 식탁에 앉아 마음먹고 꼼꼼하게 갈아 준다.
우선 거뭇거뭇한 진물 때를 구석구석 닦아 내고 물에
충분히 불린 숫돌로 날을 세운다. 숫돌의 각을 너무 눕히면
들인 노력에 비해 날이 서지 않고 너무 세우면 날의 선이
무너지니 되도록 원래 각에 맞춘다. 각을 유지한 채, 연필로
쓴 글씨를 지우개로 지울 때 정도의 가벼운 힘으로 갈고
중간중간 갈린 부분을 확인한다. 굵은 가지를 자르느라
가장 많이 닳았을 날의 중간 부분을 신경 써 살피고, 이가
나간 부분이 있으면 거친 숫돌로 모양을 잡아 준 후 날을
세운다. 느슨해진 볼트를 적당히 조여 두 날 사이의 공간을
줄인다. 너무 빡빡하면 쥐고 펼 때 힘이 들고 느슨하면

가지가 날 사이에서 헛돈다. 유연성을 유지해야 한다. 마지막으로 날과 이음새, 나무 손잡이 전체에 동백기름을 얇게 바르고 마른행주로 재차 닦아 광을 낸다. 진물 때와 동백기름에 절어 손이 더러워질지언정 장비의 쇠와 나무에는 반질반질 윤이 난다.

조용한 저녁 시간 날도, 나도 다시 �다. 아이들은 자면서 크고 고양이는 옆에서 털을 핥는다. 런던의 겨울은 길고 차갑지만 캐모마일 차는 아직 뜨겁다. 시간을 들여 장비를 돌보고 나면 내일이 기다려질 수밖에 없다. 이렇게 손때 묻은 장비 몇 개, 좁고 깊은 사람 몇 명을 곁에 둔 채 살아간다. 넉살 좋게 다가서는 능력은 없어서 조용히 구르다가 우연인지 필연인지 나와 결이 맞아떨어진 사물과 사람들이다. 자주 만나지 못해도, 넓지 않아도, 그 깊이와 친밀감이 나를 채운다.

크리스마스 전주 목요일, 단골 꽃집의 4대 사장 조지한테 연락이 왔다. 크리스마스 파티를 하는데 남는 자리가 하나 있다며 올 생각이 있는지 넌지시 물어본다. 런던 북서쪽 밀힐*Mill Hill* 한쪽에 보석처럼 숨어 있는 핀칠리 꽃집. 도매를 위한 농작물 재배로 1929년에 시작해,

가족 경영으로 4대째 이어 오고 있다. 한가한 어느 겨울, 집 근처 꽃집들을 하나씩 구경 다니다 알게 되었고, 그때부터 드나든 지 7년이 넘었다. 길 구석에 양각으로 조각된 나무 입간판은 세월을 곱게 먹어 희끗희끗 바랬고 진열장 곳곳 관목들 위에는 손으로 적은 소개 글이 달렸다. 한철 세련됨에 홀려 사 입고는 보글보글 보풀이 생겨 이내 버리는 폴리에스터 재킷이 아니라 오랫동안 사랑받아 잘 관리된 양모 코트처럼, 그곳은 투박하지만 따뜻했고 단출하지만 모자람이 없었다. 춥고 축축한 궂은 날씨에도 직원들의 얼굴에는 웃음이 가득했다.

그때만 해도 정원 안에 주어진 식물을 가꾸는 일이 대부분이었기에 가끔 조용히 들러 조금씩 샀다. 그러다 디자인과 시공까지 맡게 되면서 자주 들러 많이 사기 시작했다. 사야 하는 식물의 목록을 휴대전화 화면에 띄워 두고 손수레를 끌며 진열장 사이의 좁은 통로를 왔다 갔다 했다. 오늘도 바쁘냐며 꽃집 친구들이 말을 건넨다. 자주 배달을 오는 친구들과 안면이 텄고 "민호는 고사리와 돈나무지." 같은 우리끼리만 즐거워하는 농담들도 생겼다.

무엇보다 같은 업종에서 일한다는 점에서 많은

친밀감을 느낀다. 검은 부엽토를 만지고, 이제 막 첫 꽃을 피운 쥐손이풀을 들여다보고, 물이 모자라 시들어 가는 목수국을 안타까워하는 순간들을 나눌 수 있다. 정원사는 꽃과 나무를 사고 꽃집은 그 정원사에게 손님을 소개해 준다. 급하게 퇴비가 필요해서 연락하면 한마디 불평 없이 와서는 어깨에 두 포대씩 메고 날라 주고, 필요한 꽃나무가 있으면 따로 주문해 준다. 날이 궂으면 같이 불평하고 더운 날에는 같이 땀을 흘린다. 나는 정원에서, 친구들은 꽃집에서 각자 하루를 보내지만 서로의 하루를 이해한다. 내 손에 있는 흠이 묻을까 봐 막 피어오른 꽃들을 거리 두고 바라보듯이, 핀칠리 꽃집은 나에게 너무 소중해서 항상 어느 정도의 거리를 유지한다. 행여나 나의 흠을 알게 될까 봐 그 거리를 가림막 삼아 나의 최선만을 보여 주려고 노력한다.

조용한 이야기를 조용히 듣는다

아직도 떨어지는

늦가을의 낙엽처럼

매 순간 조용히 상실되는 이야기들을 듣기 위해

되도록 조용히 걷는다

비에 젖어 달라붙은 자작나무의 자잘한 잎에

미처 듣지 못한 누군가의 이야기가 섞여 있다

12월엔 2주만 일하고 크리스마스가 있는 주부터는
쉰다. 매주, 혹은 격주로 다니던 정원들도 12월 중순부터는
한 달가량 방문하지 않는다. 정원도 정원사도 쉬어야
할 때가 있다는 것을 머리로는 이해하지만, 일 년 동안
이리저리 살피고, 다듬고, 쓸고, 깎던 정원들을 당분간 보지
않는 겨울의 초입에서 손이 허둥댄다. 요동치는 마음을

달래기 위해 무언가를 쥐고 자르던 엄지와 검지에는 울퉁불퉁 굳은살이 박였고 마디마디가 굵어졌다. 정원에 나왔으니 뭐라도 해야 하지 않냐며 움직이려는 손을 달랜다. 이제 겨울이니까, 잠깐 멈춰야 할 때니까, 그러자. 일 년 내내 요동치던 마음을 손이 달래 주었으니, 이제는 마음이 손을 달랠 차례다.

오늘이 올해 마지막 방문입니다, 인사하며 들어선 정원에는 미처 시간을 보내지 못한 구석진 곳들, 귀찮아서 항상 다음에 뽑아야지 했던 잡초들, 단정치 못하게 둔 관목들이 있다. 간간이 떨어져 잔디 위에 붙어 있는 낙엽을 치우고 얼마 남지 않은 알뿌리를 마저 심는다. 되도록 11월까지는 다 심는 게 좋은데, 한 해의 피로가 쌓인 탓인지 손목이 더뎌져 12월에도 차의 짐칸 한쪽에 알뿌리들이 남아 있다. 양파망 안에서 수선화가 초록색 싹을 이미 손가락 몇 마디만큼 올렸고 튤립은 갈색 껍질이 많이 벗겨졌다. 제때 하지 못한 일이라 훨씬 더 귀찮고 조급하지만 어쩔 수 없다. 오래된 손님들의 정원에 공짜로 심어 주기도 하고, 내 정원 구석에도 조금 심는다. 알뿌리가 다 심겨야 한 해를 마무리할 수 있다.

여러해살이 화초들이 서리를 피할 동안 가지와 잎을 온전히 드러내고 화단을 지킬 상록수들도 계속해서 정리한다. 봄을 기다리며 앞으로 두세 달 동안은 새잎을 내지 않을 테니, 괜히 욕심부려 빈 가지를 드러내기보다는 어느 정도 살을 붙여 둔다. 한 해의 끝자락에서 전지가위의 부지런함은 괜한 호들갑이다. 필요한 일만 소탈하게 하고, 잊을 만하면 성큼성큼 들어와 부산을 떠는 정원사를 견뎌 주느라 고생한 정원을 찬찬히 바라보며 도닥이는 것으로 충분하다.

핀칠리 꽃집 친구들은 크리스마스트리와 씨름하느라 분주하다. 늦가을까지만 해도 시클라멘이며 말채나무며 이것저것으로 그득했던 진열장을 한쪽 구석으로 밀고 가장 목 좋은 중간에 널찍하게 자리를 마련한다. 근처 큰길에는 '크리스마스트리 팝니다' 플래카드가 붙었다. 지지대에 잘 들어갈 수 있게끔 밑동을 정리하는 전기톱에서는 김이 모락모락, 지켜보고 있자니 가슴이 더워진다. 크기와 모양이 제각각인 나무들을 이리저리 살펴보며 고르는 눈들이 반짝이고, 어린이들은 제 키보다 훨씬 큰 나무들 사이에서 울새처럼 재잘거리며 뛰어다닌다. 초록색

플리스를 자주 입던 핀칠리 친구들은 12월부터는 빨간 플리스에 털모자를 쓴다. 가슴팍에는 톱밥이 잔뜩 붙어 있고 일하다 생긴 열기와 한겨울 한기 사이의 낙차로 빨갛게 상기된 볼에는 웃음이 가득하다. 그 모습을 보고 있으니 없던 흥도 살아난다.

"어이, 민호! 너는 언제 살 거야? 나무 골랐어?"

"못생겨서 아무도 안 사 가려는 나무 있으면 그거 데려가려고 기다리고 있지."

"그런 거라면 저기 하나 있는데, 그거 사 가라, 그럼."

가리키는 곳으로 시선을 옮기니 안젤로가 서 있다. 핀칠리 직원 중 가장 선참 격인 이탈리아인 친구인데, 워낙 성격이 좋아 다들 장난을 건다.

"아이고, 저건 너무 못생겨서 아무래도 안 되겠다!"

한바탕 웃으며 또 입김을 잔뜩 낸다. 그렇게 또 잠깐 공기가 데워진다.

겨울 정원에도 꽃들이 피어난다. 화단의 그늘지고

깊숙한 곳에서 큼지막한 잎을 내주던 팔손이가 가지 끝에
하얀색 꽃을 피운다. 겨울이 추워 벌들이 겨울잠을 자는
한국에서는 파리가 주로 수분을 맡기에 종종 꽃대를
잘라 버리기도 한다고 들었다. 런던의 겨울은 대체로
따뜻해 아직도 꿀을 찾아다니는 벌들이 팔손이 꽃으로
모여들어 붕붕거리는 날갯짓으로 가득하다. 한동안 꽃을
피워 시선을 받을 테니, 조금이라도 더 예뻐 보였으면
좋겠다 싶어 떨어져 시커멓게 변한 잎을 줍고 가지에 붙은
누런 잎을 잘라 준다. 시든 잎을 고개 숙여 한 움큼 쥐고
일어서니 옆에서 뿔남천도 노란 꽃을 피웠다. 단단한
잎끝의 가시가 뾰족해 다루기 까다롭지만 꽃이 귀한 이
겨울에 피어나 주니 밉게만 보이진 않는다. 코를 가까이
대면 산뜻한 향기가 나는 노란 꽃은 이제 막 보릿고개를
보내기 시작한 벌들을 위해 문을 연 몇 안 되는 식당이다.

　　곧고 길게 자란 가지의 끝에 보기 좋은 잎을 내는
팔손이와 뿔남천은 자라는 모습과 관리하는 방법이
비슷하다. 어디서나 잘 자라기에 까다롭다 여겨지는 그늘에
자주 심기고, 한두 해 지나 자리를 잡고 나면 긴 가지를
시원스레 올린다. 낮고 촘촘하게 키우려면 가지치기를 자주

해 곁가지를 유도하고, 훤칠하게 키우려면 작은 곁가지와 잎을 잘라 목대가 보이도록 한다. 둘 다 제법 크게 자라 작은 화단에는 부담스러운데, 최근에는 크기가 작고 잎이 더 잘게 갈라진 팔손이*Fatsia Green Fingers*나, 낮게 자라고 잎에 가시가 없는 뿔남천*Mahonia Soft Caress* 같은 개량 품종이 나와 작고 그늘진 화단을 채우기에 좋다.

초겨울의 정원에는 지금 피는 꽃만큼이나 봄을 품은 꽃봉오리들이 가득하다. 가지를 이리저리 길게 뻗은 개나리는 노란색을 품은 꽃눈을 줄기에 다글다글 맺었다. 자른 부분에서 쉽게 새 가지가 돋기에 동그랗게 모양을 잡아 키우기도 하지만, 원래의 모습대로 긴 가지가 시원스럽게 뻗은 모습이 내 눈에는 더 자연스러워 좋다.

동백과 만병초의 꽃봉오리도 하루가 다르게 부푼다. 차가운 겨울비도 마다하지 않고 단단히 여문 껍질 안에 색색의 꽃잎을 물들이고 있다. 보드라운 것을 품고 있어서 껍질이 더욱 야물다. 가을부터 조롱조롱 맺히기 시작한 삼지닥나무의 꽃봉오리도 긴 잎이 떨어지고 나니 가지 끝에서 더욱 도드라진다. 보송보송한 솜털이 덮인 꽃대는 제법 통통하고 다소곳이 아래로 굽어 있다. 풍년화와

납매는 가지에 맺은 꽃눈 안에 향기를 가득 머금고
있다. 꾸준하게 꽃눈을 살찌우다 늦겨울에서 초봄 중에
향긋하게 필 것이다.

　　앙상해진 화단에서 아직 피지 않은 그 꽃들의 향을
상상한다. 한겨울 온돌방에서 까먹는 감귤처럼 상큼하기도
하고, 냉동실에 고이 뒀다 하나씩 꺼내 먹는 홍시처럼
달큼하기도 할 향기들. 그 향을 떠올리며 봄을 향한
기다림을 견딘다. 어김없이 겨울이 왔던 것처럼 봄도 그렇게
반드시 오리라.

1월

꽃과 나무들이 잠시 쉬고 흙이 꽝꽝 언 1월은 새로운
계획을 떠올리기에 좋은 계절이다. 벌써 아득하게 느껴지는
작년의 나날들은 겨울의 채반에 걸러진다. 부드러운 일상의
장면들은 구멍을 빠져나와 어디론가 스미고, 곱씹어야
할 것들만이 남는다. 제법 알맹이가 굵은 기억들을 이리
굴리고 저리 굴려 본다. 작년 한 해 동안 무엇을 바라보고
쥐어 왔는지 되돌아보고, 좋았던 일과 불편했던 일들을
가려낸다. 봄이 오면 이렇게 한번 살아 봐야지, 새로운
인간으로 다시 태어나는 거야, 소파에 드러누운 채 두
눈을 부릅뜨고 주먹을 꾹 쥐어 본다. 다른 계절 동안 눈과
손에 맡겨 두었던 마음을 겨울이면 다시 내 품으로 안고
보살펴야 한다. 봄부터 가을까지는 땅 파먹고 살았다면

겨울에는 꽃 기억을 파먹고 산다. 동백의 꽃눈이 미처 터지지 않은 1월은 그러기에 좋은 달이다.

오늘은 첫서리가 내렸다. 그러나 영글지 않은 탓에 일출 후 한 시간도 채 지나지 않아 녹아 버렸다. 다음 주부터 한동안 기온이 떨어진다는 예보에, 성급하게 꽃잎을 틔운 삼지닥나무가 깜짝 놀라리라. 아직은 푸릇푸릇한 고사리는 1월 말이면 날이 단단한 서리에 갈색으로 시들게 될 테고, 수국의 시든 꽃들은 작아서 더 소중한 꽃눈을 품고 대신 서리를 맞으면서도 의연하게 반짝일 것이다.

집 앞 화단에서 향회양목이 벌써 단내를 흘린다. 겨울의 끝자락부터 초봄까지 꽃을 피우는 관목들은 대부분 향이 짙다. 여름이라면 크고 화려한 꽃으로 벌과 나비의 눈길을 끌겠지만, 대부분 땅굴에서 겨울잠을 자고 있는 지금은 별 소용이 없다. 대신 추위에도 활동하는 나방이나 딱정벌레의 코를 붙드는 쪽으로 힘을 쏟는 것이다.

이제 곧 향회양목의 뒤를 삼지닥나무, 천리향이 따를 것이고 분꽃나무는 봄이 완연해서야 둥그런 꽃을 틔울 것이다. 제각각 타고난 색과 성질이 있고 적합한 때가 오면 그것들이 자연스레 드러난다. 첫째 딸은 갓난아기 때부터 낯가림을 했지만 다른 이들의 감정을 조용히 읽고 깊게 공감하는 아이로 자랐다. 둘째 아들은 지친 기색 없이 연신 까불며 다소 산만하지만 누구와도 스스럼없고 주변에 웃음을 준다. 꽃이든 사람이든 본연의 특별함을 머금고 있다. 그 특별함은 색과 향에도 있지만 열리는 시점의 완벽함에도 있다. 한겨울 향회양목이 피는 찰나에 단조롭기만 하던 시간에 향이 번지고, 천리향이 피는 순간에 겨울이 물러나고 있음을 알아차린다. 무거운 겨울 공기가 조금씩 가벼워지는 그 흐름 속에서 서릿발에도 개의치 않고 핀 꽃들이 제때를 맞이한다. 겨울의 정원에서 계절과 식물들의 섬세한 변화를 머리로 이해하고 마음으로 응원하며 코로 맡는다.

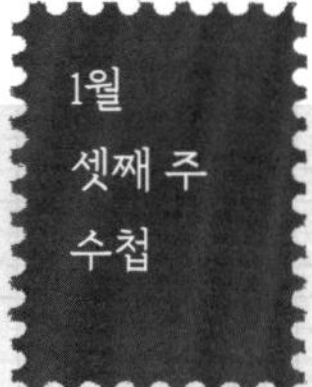

준녕이가 마음이 좋지 않다고 해서
걱정이 크지만

당장 할 수 있는 일에 집중해 보자는 말도

전혀 위로가 되지 않을 테니

어떻게 도와야 할지 어렵다

살아감의 무게, 자꾸만 떠오르는 질문들

그것들을 안고 걸어야만 하는 얄궂은 삶

모든 것의 답은 사랑에 있으니

사물이든, 행동이든, 사람이든,

무언가를 사랑하게 되기를 바라는 마음

짐을 같이 짊어지기엔 각자의 삶이 가로막고 있으니

그저 그 짐의 형태와 무게를 같이 이야기해 줄 뿐

한 달 가까이 쉬었던 손이 빈 가지를 가지런히 드러낸
장미의 가지치기를 위해 다시 전지가위를 찾는다. 작년
여름, 풍성한 꽃잎에 향을 가득 담고 오랫동안 피어나던 장미를 다시금 그려 본다. 영상의 기온이 유지될 만큼 따뜻한 날씨 덕에 지금까지도 간간이 꽃을 피우곤 하지만, 이번 주의 추위로 마지막 꽃잎을 떨굴 것이다. 그러고 나면 본격적인 가지치기의 나날이 시작된다.

장미 가지치기에는 정확한 방법이 정해져 있지 않아서 경험이 많은 장미 전문가들*Rosarians*도 가지치기하는 방법에 대해서는 항상 논쟁한다고 한다. 매번 이 이야기를 곱씹으며 '장미 가지치기는 꼭 이렇게 해야 한다.'는 틀에서 벗어나려고 한다. 반드시 옳은 단 하나의 기준이 있는 것이 아니니 내가 하는 것이 정답인지 전전긍긍할 필요는 없다. 장미가 자라고 있는 위치와 그 주변 식물들을 보고, 원하는 높이와 전체 모양을 상상하며 가지치기를 한다. 가령, 허리춤 높이의 상록수들 사이에서 자라는 장미라면 그에 맞춰 키를 높여 주고, 작은 화초 가까이 자라고 있다면 그쪽으로 뻗은 가지 수를 줄여 작은 녀석들에게도 공간을 나눠 주는 식이다.

보통 꽃집에서는 한 송이씩 잘린 장미들만 보게 되지만, 장미는 크게 두 가지 형태로 나뉜다. 허리춤만 하게 나지막이 자라는 장미는 관목형이고, 담이나 아치 위에 길게 묶어 키우는 장미는 덩굴형이다. 형태와 상관없이 모든 장미의 가지에는 가시가 붙어 있는데, 가시의 뾰족한 끝은 아래를 향하고 있어 위로 올라갈 땐 거침없이 뻗어가지만 밑으로 당기려 하면 가시가 걸려 쉽게 당겨지지 않는다. 그렇기에 덩굴장미뿐 아니라 관목장미 역시 기본적으로는 주변 식물을 타고 오르는 덩굴성 식물이라 할 수 있다.

　장미의 가지는 부드러워 쉽게 휘어지고, 여러 방향으로 뻗기 때문에 타고난 수형이 있다고 보긴 어렵다. 따라서 가지치기를 통해 주어진 상황에 알맞은 모습을 쉽게 유도할 수 있다. 장미의 이런 본성을 이해하고 나면 무엇을 먼저 고려해야 하는지가 분명해진다. 중요한 건 '어떻게 가지치기해야 할까?'가 아니라 '어떻게 자랐으면 좋을까?'의 답을 찾는 것이다.

　전지가위를 들고 서둘러 자르기보다 우선 몇 발짝 떨어져 그 장소를 가만히 본다. 새 가지와 헌 가지를 찬찬히 보고 작년에 가지치기했던 부분에서 새 가지가 얼마나 자라났는지 파악한다. 그리고 주변의 나무와 화초들도 바라보며 앞으로 어떻게 자랐으면 하는지 마음을 정한다.

일이 고된 것은 물리적 노동의 강도가 아니라 정해지지 않은 방향성 탓일 때가 많다. 나무 위쪽까지 올라가 꽃이 피는 모습이 좋은지, 소담하게 자라는 것이 좋은지 나와 장미의 마음을 들여다본다.

그늘이 짙어 바짝 잘라도 매년 키를 쭉쭉 높이는 게 고민이라면 가지치기로 해결을 볼 문제가 아니다. 이 경우에는 뽑아내 볕이 잘 드는 쪽으로 옮기는 편이 장미도 나도 고생이 덜하다. 그러니 전지가위는 잠시 넣어 두고 삽을 챙겨 오자. 물론 원하는 높이로 계속 잘라 줄 수도 있겠지만, 괜한 일만 많아지고 꽃도 덜 피니 좋은 방법이라고 하기 어렵다. 사람 손을 견디지 않아도 되는 자리를 찾아 주는 게 먼저다.

추위에 연신 흘러내리는 코를 훌쩍여 가며 여기까지 마쳤다면, 이제 허리춤의 전지가위를 부를 때다. 보통 관목장미의 경우 가지를 세 종류로 구분해 가지치기한다.

1. 세력이 좋은 주가지: 올해 키우고 싶은 높이에 맞게 줄인다.
2. 안쪽에 위치한 세력이 약한 가는 가지: 잘라서

주가지에 힘을 보태 준다.

3. 죽은 가지: 잘라 낸다.

어느 가지부터 손을 댈지 순서를 먼저 정해도 되고, 그럴 겨를이 없다면 눈에 보이는 가지부터 일단 자르기 시작해도 된다. 마음속에 흘러드는 이런저런 생각은 잠시 뒤로한 채 눈으로 보고 손으로 만질 수 있는 장미 가지에 모든 것을 맡긴다. 약한 가지는 주가지에 바짝 붙여 자르고 죽은 가지는 남기지 않고 전부 자른다. 장미의 중심 부분에는 국수 가락 굵기의 비실비실한 가지들이 생기는데, 이것들 역시 잘라서 균사의 천적인 바람이 잘 드나들 수 있도록 한다. 왜 이런 쓸데없는 가지들을 만드냐고 장미에게 눈총은 주지 않는다. 윗가지들이 강한 바람이나 아이들이 차올린 공에 맞아 꺾이면, 이 작은 가지들에 볕이 닿아 강하게 자라나기 시작한다. 정원사에겐 귀찮은 존재지만 장미에겐 만약을 대비한 보험인 셈이다.

세력 강한 주가지는 잎눈에서 2~3밀리미터 위쪽을 비스듬히 자른다. 경사면이 잎눈 반대쪽으로 낮아지게끔 하면 습기가 잎눈 반대쪽으로 흘러 동해를 피할 수 있다.

화단에 공간이 충분할 경우에는 되도록 바깥쪽을 향한 잎눈을 찾아 그 위를 자른다. 그러면 새 가지가 바깥으로 열리며 자라 내가 원하는 수형을 만들 수 있다. 오래 묵은 장미는 세력이 좋은 주가지 중에서 중심부의 오래된 가지들을 20퍼센트가량 잘라 주면 좋다. 중심이 열려 나무 전체에 새로운 기운을 북돋워 줄 수 있기 때문이다.

　가지치기가 끝나고 나온 가지는 잘게 쪼개어 퇴비장에 둔다. 주가지들은 한 뼘 길이로 잘라 땅에 깊숙이 꽂아 두면 어느새 뿌리를 내려 손쉽게 장미를 늘릴 수 있다. 어느 노인 정원사의 푸념처럼, 나무는 계속 잘라서 젊게 해 줄 수 있는데 사람은 늙기만 하니 큰일이라는 걱정이 밀려들기도 한다. 그럴 때 손에 닿는 일을 하나하나 해 나가다 보면, 삶의 쭉정이는 걸러지고 부드러운 것들이 삶 속 그늘진 굴곡을 채운다. 순간에 집중하여 잠시 자신을 잊고, 정갈하게 가지치기가 된 장미가 있는 세계에서 다시 정신을 차린다.

화단에서 예의 바르게 크는 관목장미에 비해 덩굴장미는 긴 줄기를 이리저리 마음껏 뻗기에, 주로 벽이나 아치에 묶어 키운다. 힘 좋은 녀석들은 한 해에 3~4미터씩, 비교적 얌전한 녀석들은 1~2미터 정도 자란다. 아무리 얌전해도 관목장미에 비해서는 크니 정원에서 내줄 수 있는 공간을 보고 그에 맞는 장미를 사들이는 것이 좋다. 세력이 강한 장미를 좁은 곳에서 키우면 매년 힘 있게 나오는 튼실한 새 줄기들을 감당하기 어렵고, 주변의 다른 화초들을 덮어 버려 곤란해진다. 비료나 퇴비처럼 사람의 시간도 자원이니 공간에 맞는 장미를 심으면 낭비가 적어진다.

덩굴장미는 수직 지지대에 올리거나 수평으로 뉘어 키우는 것이 보편적이다. 수직 지지대에 가지를 올릴 때는 꼭대기까지 직선으로 곧게 올리기보다, 똬리를 틀 듯 빙 둘러 오르게 한다. 식물들은 가지의 가장 위에 있는 눈에서 꽃가지를 내는데, 가지를 둥글게 감아 눕히면 가지에 죽 늘어선 눈들이 같은 높이가 된다. 그러면 꽃가지 수가

늘어나 아래부터 위까지 촘촘하게 꽃을 피울 수 있다. 이때
지지대 지름은 최소 30센티미터 정도로 두툼해야 둥근
가지를 안정적으로 묶을 수 있다.

수평으로 뉘어 키울 때는 벽이나 지지대에 한 뼘
정도의 간격으로 철사를 수평으로 댄다. 장미가 매해
만드는 모든 가지를 촘촘하게 엮으려 애쓰기보다는 세력
좋은 가지 서너 개만 추리는 것이 관리하기도 쉽고 가지
사이에 꽃이 필 자리를 남겨 둘 수 있어서 좋다. 세력 좋게
뻗은 가지들을 주가지로 삼아 수평이나 완만한 대각선으로
철사 아래쪽부터 눕혀 묶는다. 주가지 사이마다
15센티미터 정도 간격을 두어 통풍을 돕고 꽃가지가 나올
공간을 남긴다.

줄기는 철사 앞뒤로 엮기보다 앞쪽에 대고 끈으로
따로 묶으면 나중에 묵거나 병든 가지를 잘라 낼 때
철사에 걸리지 않는다. 물론 이웃집 창문을 가리거나
방범용으로 빽빽하게 키우는 게 목적이라면 앞뒤로 냅다
엮어 버리기도 한다. 정원에서 하는 대부분의 일이 그렇듯
정답은 '내가 원하는 것을 아는 것'에 있다. 다른 사람들이
하는 방법을 무작정 따라 하려고 허둥지둥할 필요 없이,

다른 정원과 다르더라도 내가 그리는 모습이 명료하게 보이는 정원은 매력 있다. 이참에 나의 취향이 무엇인지 깊고 구체적으로 생각해 볼 수도 있으니 여러모로 의미가 있다.

묵은 덩굴장미는 이맘때쯤에 곁가지들끼리 뒤엉켜 어디서부터 손을 대야 할지조차 알 수 없는 큰 묶음이 된다. 이럴 땐 혼란을 한번에 해결하려 들기보다 당장 손에 닿는 작은 문제들부터 처리한다. 곁가지들을 두세 개의 눈만 남기고 3센티미터 정도로 뭉툭하게 잘라 서로 얽힌 부분을 뜯는다. 그러다 보면 혼란 속에 가려져 있던 주가지가 어느새 드러난다. 여기서부턴 문제가 뚜렷하게 보이므로, 찬찬히 고민하며 하나씩 처리해 나가면 된다. 뉘여 묶인 주가지들은 해가 지날수록 세력이 약해지니 오래 묵은 것 위주로 교체해 준다. 작년 여름 동안 기세 좋게 뻗쳐서 자르고 싶은 유혹이 있었지만 꾹 참고 그대로 둔 젊은 가지를 새로운 주가지로 쓰면 된다.

가지는 그 끝에 성장의 기운이 집중되니 주어진 공간에서 30센티미터가량 안쪽으로 주가지들을 모두 자른다. 그러면 성장의 기운이 중간에 있는 곁눈으로 향해

꽃을 피우는 곁가지들을 많이 만들 수 있다. 옆구리에
작은 구멍이 뚫려 있는 호스의 끝을 막으면 구멍에서 물이
솟아나는 것과 비슷한 원리다. 옆쪽도 위쪽도 모두 줄여
성장의 기운이 주어진 공간의 중심에 머무를 수 있도록
틀에 가둔다. 그다음 봄에 퇴비를 두툼히 하고 초여름에
비료와 물도 듬뿍 주면 갇혀 있던 기운이 한층 세진다.

　　잘라 낸 가지들은 짧게 도막을 내거나 분쇄기에 갈아
퇴비장에 쌓아 둔다. 장미 화단에 뿌려도 되지만 흑점병이
많다면 화단에 쌓인 줄기와 잎에 흑점병 포자가 자리
잡을 수 있으니, 화단의 상태를 잘 살펴야 한다. 진딧물도
흑점병만큼이나 골칫거리인데, 오랫동안 꽃의 형태와
향기에 초점을 두고 개량된 현대의 장미들은 진딧물에
더욱 취약하다. 늦봄 장미 화단에 샐비어, 타임, 로즈메리,
마리골드 등 잎에 진한 향기가 있는 화초들을 같이 심으면
진딧물 수를 줄이는 데에 조금 도움이 된다. 물론, 아주
조금.

　　그러나 흑점병이나 진딧물보다도 정원사를 괴롭히는
건 바로 장미의 가시다. 초여름부터 늦가을까지 향기로운
꽃물로 코와 눈을 즐겁게 했던 장미는 겨울에 전지가위를

들고 가까이 다가가면 으르렁 가시를 드러낸다. 아무리 살짝 쥐어도 하나둘 살갗을 파고드는 가시를 막기 어렵다. 잘라 낸 가지 더미를 옮길 때면 같이 일하던 친구들이 가시에 찔려 아프지 않냐고 물어본다. "내 손은 가시에 안 찔리는 손으로 진화한 것 같아."라며 너스레를 떨곤 하지만 어찌 안 찔릴 수 있으리. 가시를 막아 주는 두꺼운 장갑도 몇 번 사 봤으나 손이 무뎌지고 갑갑해 금세 벗어 던져 버렸다. 찔려 가며 하는 게 당연한 일이니 그저 마음을 단단히 먹을 뿐이다. 그래도 추위에 손가락이 얼어 열 번 찔리면 서너 번은 아픈 줄도 모르니 그나마 다행이다. 해 질 무렵이 되면 찔린 것도 잊은 채 집에 돌아와 아이들의 저녁을 챙겨 주고 「퐁당퐁당」 노래를 불러 주며 재운다. 잠들기 전 재잘재잘 말다툼을 하는 소리를 들으며 설거지를 한다. 캐모마일 차를 한 잔 내려 거실에 앉으면 아이들은 조용하다. 뜨거운 차를 후후 불며 서너 모금, 찻잔을 든 검지가 따끔하다. 손톱깎이를 들고 손가락을 바라보니 초점이 안 맞는다. 언제부턴가 가까운 곳은 안경을 내리고 눈을 치켜떠야 보인다. 그래도, 겨울 저녁은 장미 가시를 빼면서 보내야 제맛이다.

이제 내일부터
올해의 정원 일이 시작된다
겨울은 어떻게 지나갔는지 잘 기억나지 않으니
곧 다가올 봄에 집중하자

걱정거리가 생기면 해결하는 것에 차분히 집중하고
무언가 달라지길 원하고 있으면
해 보지 않았던 일을 시도해 보자
완벽히 해내려고 불안해하기보다
어느 정도 잘하는 것에 만족하자

내 나이 이제 마흔,
나의 경험과 직관을 믿고
그것을 바탕 삼아
굳게 변화를 만들고 싶다

래아가 말했듯, 다 괜찮을 거니까
단단한 딸아이의 말을 믿고 나서 보자

정원이 주는 즐거움은 보는 것에서 시작해 향을 맡는 것, 만지는 것, 맛보는 것 순서로 깊어지는 듯하다. 장미가 세 번째 즐거움까지 가져다준다면, 과실나무들은 언제나 가장 커다란 즐거움을 선사한다. 가지가 뒤틀리고 초라한 나무라도 열매를 먹고 나면 부쩍 정이 간다. 식물이 예쁘게 자라나는 모습을 눈으로 보는 것도 물론 즐겁지만 의도를 가지고 손으로 만져 가며 얻는 보람도 크다.

2주 전만 해도 영하 5도까지 떨어져 런던의 겨울치고는 제법 춥더니, 저번 주부터는 날씨가 풀려 과실나무를 가지치기하기에 좋은 조건이다. 얼마간은 춥겠지만 서리의 위험이 지나간 느지막한 겨울의 끝자락에 가지치기를 하면 동해凍害가 적다. 알아서 빛과 비가 허락하는 선에서 꽃을 피우고 열매를 맺을 텐데, 과일을 쉽게 따려고, 혹은 화단으로 빛을 더 닿게 하려고 일부러 손을 댄다. 그러니 가지치기를 할 때 나무가 고생을 덜 하는 조건을 고민한다.

과실나무의 가지치기라고 해서 다른 식물들과

크게 다를 것은 없다. 장미에게 그랬던 것처럼, 서둘러 전지가위를 쥐고 얼굴을 불쑥 들이밀 것이 아니라 몇 발짝 떨어져 찬찬히 나무를 살펴본다. 주변에 어떤 것들이 자라고 있는지, 나무가 한쪽으로 치우쳐 있진 않은지를 살핀다. 가지치기를 시작하면 한두 시간은 고생할 테니 5분 정도는 앞으로의 노력의 방향을 정하는 데에 쓴다.

　전체의 모양을 결정하는 굵은 가지들을 눈으로 기억한 후 그 사이에 자라난 곁가지들을 살핀다. 같은 나무에서 돋은 가지들도 하나하나 그것들만의 순서가 있다. 곁가지 하나 없이 수직으로 길게만 솟은 가지들은 일차적 성장을 위한 것들이다. 주변 나무들보다 높게 자라야 해를 많이 볼 수 있으니 먼저 크기를 키우고, 그 가지들이 얼마간 묵으면 그제야 꽃과 열매를 맺기 위한 곁가지가 나온다. 자연에서 나무들은 주어진 크기만큼 스스로 자라고, 그 크기에 딱 알맞은 만큼의 꽃을 맺는다. 반면 정원의 과실나무들은 크기는 작게, 하지만 과일은 많이 달아 달라는 사람들의 생떼를 받아 줘야 한다. 미안해서라도 봄에 퇴비를 두둑하게 준다.

　중심부를 가지치기할 때는 어디에선가 읽은 ‘나무의

중심으로 새가 수월히 통과해 날아갈 수 있으면 좋다.'는 글귀를 규칙으로 삼고 있다. 빛이 잘 닿지 않는 나무의 중심에서 자라는 가지들은 대체로 약하다. 손상될 경우를 대비해 속에서도 가지를 내는 것이니, 나무의 꼼꼼함에 행여나 눈치 줄 것은 없다. 정원에서는 내가 자주 눈 맞추고 보살펴 줄 테니 비상용 속가지는 안 내어도 된다고 도닥일 따름이다. 한 자리에 뿌리를 내리고 그곳에서 평생을 자라는 나무의 가장 큰 적은 곰팡이인데, 가지 사이를 열어 주면 바람이 막힘없이 드나들며 포자가 달라붙는 것을 어느 정도 막아 준다.

다음으로 곁가지는 얌전하게 겨울잠을 자고 있는 눈의 2~3밀리미터 정도 위쪽을 자른다. 너무 바짝 자르면 잘린 단면을 통해 차가운 겨울바람이 눈에 스며들고, 너무 간격을 두면 남겨진 부드러운 가지 도막이 썩으면서 곰팡이가 붙어 자란다.

서로 맞닿은 가지는 그 중에 안쪽으로 자라는 등 방향이 좋지 않은 것을 골라 잘라 준다. 바람이 불면 닿아 있는 가지들이 마찰해 껍질에 상처가 나고 그곳으로 곰팡이 포자가 옮겨붙기 쉽다. 껍질은 나무가

높게 자랄 수 있도록 외부 골격의 단단함을 이뤄 주고
흰 속살을 병충해로부터 보호한다. 아픈 나무는 껍질이
종잇장처럼 얇아져 벗겨지고 구멍에서 고름처럼 꾸덕한
진물이 흐른다. 말 못 하는 나무지만 자세히 살펴보면
아픈 내색을 이곳저곳에 드러낸다. 어릴 적 초등학교
운동장 가장자리에서 플라타너스 껍질을 벗기면 혼비백산
놀라 달아나던 이름 모를 작은 벌레들. 어린 손끝에도
쉽게 떨어지던 껍질은, 움직일 수 없는 나무가 달라붙은
병충해와 자동차 매연 때를 떨구는 것이었던 듯하다.

　귀찮더라도 자주 사다리에서 내려와 전체를 바라보며
일이 잘 진행되고 있는지 확인한다. 한쪽에서 보면 괜찮다
싶어도 다른 쪽에서 보면 아이고 쥐가 파먹었네, 이지러져
있을 수 있으니 나무를 빙 둘러 걸어가며 다시 본다.
서릿발이 선 잔디가 사각사각 밟힌다. 노력의 방향이
올바른지 중간중간 점검하면 나중의 고됨이 덜어진다.

　중심이 얼마쯤 트이면 나무 안으로 들어가 밖으로
뻗은 굵은 가지에 발을 딛고 올라선다. 체중을 모두 싣기
전에 가지가 나를 지탱해 줄 수 있는지 마음을 졸이며
확인하고, 나무의 흔들림과 나의 무게중심에 몸을 잘

맞춘다. 조금 떨어진 가지를 자르려고 억지로 몸을 뻗다 보면 불필요한 힘이 들어가고 자칫 중심을 잃거나 딛고 있는 가지에 강한 부담을 주게 된다. 가까이 갈 수 있는 가지 길을 다시금 찾는 것이 낫다. 엉뚱한 곳에서 무리하면 가지가 부러지거나 톱날에 베이고 만다.

　오래 묵어 옹이 진 가지를 아슬아슬하게 딛고 서서 차가운 습기가 무겁게 고인 바람에 연신 코를 훌쩍인다. 이리저리 얽히고설킨 가지들을 뜯어본다. 어떤 가지는 해를 보려고 방향을 크게 틀었고, 작년에 굵은 가지를 자른 단면에는 빙 둘러 새 가지 다발이 잔뜩 솟았다. 가지마다 묻어 있는 나무의 시간을 읽고, 이렇게 자라야만 했던 이유와 노력을 이해하려 한다. 그리고 나무가 원하는 방향으로 나의 시선을 옮긴다. 뿌리를 내린 이 자리를 가장 잘 아는 것은 거기 자라고 있는 나무일 테니까. 해가 뜨고 지는 방향, 작년 여름 매섭게 바람이 불던 날, 초봄 예기치 않게 내렸던 늦서리…… 모든 기억이 가지 하나하나에 새겨져 있다. 아무리 날이 선 전지가위를 들고 있다고 한들, 그 시간들을 헤아리지 못한다면 가지치기는 그저 깊이 없이 허둥대는 얕은 노동일 뿐이다.

크리스마스로즈

2차 접종이 끝난 룰루를 정원에 데리고 다니기
시작했다. 녀석은 1월 초에 처음 우리 집으로 왔는데,
몸집이 아주 작았다. 한 달 동안은 집에서 같이 뒹굴고
쓰다듬으며 서로 낯을 익혔다. 강아지를 키우는 것이
처음이라 책도 한 권 사서 읽었고, 새로운 경험이
긍정적일수록 적응력이 좋은 강아지가 된다고 하여 작은
것 하나에도 고민을 많이 했다.

　룰루를 데려가기 전, 손님들에게 이메일을 보냈다.
식물을 대하는 정원사의 직업을 사랑하지만 조금 외로운
직업이다 보니 괜찮다면 강아지와 함께 정원에 가고
싶다고, 아직 어린 강아지라 당분간은 챙겨 주느라 일이
다소 어수선할 수 있다고, 미리 양해를 구했다. 다행히

실비아 할머니의 정원 그늘에서 잠든 룰루

모두가 흔쾌히 괜찮다며, 어서 룰루를 만나고 싶다고
답장을 주었다. 룰루를 자신의 강아지와 친구 시켜 주고
싶다며 기뻐하는 분도 계셨다.

집에만 있다가 갑자기 멀리 이동하면 겁을 먹을까
봐, 룰루를 차에 태워 동네를 몇 바퀴씩 돌아다녔다. 처음

정원에서 꼬리를 말고 낑낑대던 룰루는 30분도 채 지나지 않아 까불기 시작했고, 이리저리 뛰려다 목줄에 몇 차례 걸리자 기가 죽었다. 잠깐 고민하다 목줄을 풀어 주니 신이 나 귀를 펄럭이며 천방지축 뛰어다닌다. 연신 꼬리를 흔들며 공을 물고 온다.

잔디에서만 놀고 화단엔 들어가지 말라고 아무리 말해도 소용없다. 룰루에겐 정원 전체가 큰 놀이터일 뿐, 그 안에서 사람이 만든 경계를 이해하기는 어려울 것이다. 날아가는 새들과 구석에 웅크린 달팽이, 정원사들이 모아 둔 낙엽 더미까지 전부 즐거운 것투성이다. 즐거움이 나에게도 옮겨 온다.

일하는 동안은 목줄을 풀어 주지 않으려 했는데, 계획과 상관없이 일어나야 하는 일은 가장 알맞은 형태로 반드시 일어나는 듯하다. 사실 룰루의 동의를 구한 것도 아니니 계획이 아니라 욕심일 뿐이다. 크리스마스로즈의 묵은 잎과 이제는 꺾어도 되는 수국의 시든 꽃이 눈앞에 있지만 우선은 룰루를 챙긴다.

봄이 빨리 오는 런던이라지만 본격적인 일을 하기엔 정원에게도, 나에게도 2월 초는 아직 이르다. 아직 잠잠한

정원에 들어서는 발걸음이 괜히 요란스러운 듯싶어
발소리를 줄인다. 한 해의 아침 격인 이 계절, 분꽃나무와
구슬댕댕이가 한창 만개해 향기를 뿌린다.

크리스마스로즈는 조용히 꽃대를 올리기 시작했다.
깊게 갈라진 짙은 초록의 잘생긴 큰 잎을 화단의 그늘진
곳에서 무던히 내주다가 꽃이 귀한 늦겨울에 제법
크고 화려한 꽃을 피운다. 중심에서 꽃봉오리가 생기는
이맘때 땅 위로 보이는 모든 잎을 자른다. 오래 묵은 잎은
달팽이에게 뜯기고 성급한 정원사의 발에 밟히느라 상처가
많다. 전부 잘라 내면 화단에 생기가 돌고 잎보다 낮은
꽃대가 화단에 훤히 드러난다. 야박하다 싶겠지만 잠깐
피는 꽃이 더 잘 보이게 하려는 의도다. 봄기운이 차면서
금방 오르는 새잎은 상처 없이 말끔하다.

크리스마스로즈는 곰팡이병에 잘 걸리는데, 묵은
잎을 잘라 내 주면 병해를 억제하는 효과도 있다. 이제 막
심어 자리를 잡지 못한 어린 촉은 처음 2년 정도는 괜히
손대지 말고 그저 두어 세력을 키운다. 아래를 향해 핀
꽃을 제대로 보려면 쪼그려 앉아 손으로 살짝 감싸 쥐어
들어올려야 한다. 설강화나 크리스마스로즈처럼 목을

기울인 꽃들은 관심받지 않아도 화단의 그늘진 곳에서 적당한 시기에 가만히 피어나니, 살짝 다가가서 보고 그 평화를 깨뜨리지 않는다.

　삼지구엽초의 헌 잎도 이맘때쯤 모두 자른다. 역시나 일 년에 한 번 잠깐 피는 꽃을 더 잘 보기 위해서다. 초봄에 피우는 작고 여린 꽃과 더불어 새로 돋아나는 보드라운 새잎도 보기 좋다. 세 개의 가지와 아홉 개의 잎을 지녔다 해서 삼지구엽초. 하지만 일일이 세어 보는 것은 반칙이다.

　그늘진 곳에서 희게 피었던 팔손이의 꽃도 이제 시들었으니 자르고, 아이리스의 시든 잎도 계속 뜯어낸다. 아이리스는 뿌리가 얕아 잎을 뜯다가 뿌리줄기까지 뽑아낼 수 있으니 많이 시들어 잘 떨어지는 잎에만 손을 댄다. 가볍게 당겨도 그대로인 잎은 아직 때가 아니구나 하며 둔다. 폐풀은 가장자리의 기다란 헌 잎을 뜯어내고 중간의 자잘한 새잎만 남겨 둔다. 잎 전체를 덮은 얇고 짧은 털은 제법 단단해 손에 찔리면 빼내기가 어려우니 장갑을 끼고 만져야 한다. 크리스마스로즈, 삼지구엽초, 폐풀 이렇게 셋을 함께 심어 두면 그늘진 화단에서 서로 어울려 잘 자라난다.

시들고 묵은 잎을 떼어 낼수록 화단에 점점이 심긴 화초의 촉들과 사이사이 빈 공간이 눈에 보인다. 여름 화단의 아름다움이 가득 채워진 잎과 꽃들의 풍성함에서 비롯된다면, 겨울 화단의 매력은 정갈하게 정리된 흙 위로 드문드문 떨어져 있는 촉들에 있다. 겨울에서 봄으로 건너가는 2월의 정원, 그 안에 돋은 화초들에는 잎과 꽃의 잠재력이 촘촘하게 돋쳐 있다.

중순이 되어 봄기운이 더 가까워 오자 미모사가 꽃을 잔뜩 피운다. 깨알보다도 자잘한 잎이 예쁘고, 이른 봄에 피는 동그란 노란색 꽃들이 얼마 남지 않은 겨울의 기운을 몰아낸다. 여러 이름이 있어 헷갈리지만 한국에서는 보통 미모사라고 불리고 학명은 아카시아*Acacia*다. 정원에서 자주 심기는 작은 잎의 상록 나무인 미모사는 호주가 고향이며, 덥고 척박한 환경에서 가지를 넓게 벌리며 자란다. 한국에서 흔하게 아카시아라고 부르는 흰 꽃 낙엽 나무의 정식 명칭은 사실 아까시나무이고, 학명은

로비니아*Robinia*다. 이런저런 이름들 때문에 미모사를
볼 때면 항상 말이 길어진다. 런던은 겨울이 춥지 않아
노지에서도 가뿐하게 월동이 가능하다.

그늘진 곳에서 땅을 안으며 천천히 번지던 빈카는
파란색 꽃을 피우며 봄날의 노랗고 빨간 꽃들 사이에
섬세한 빛깔을 더한다. 볕 잘 드는 화단에서 화려한 색으로
눈길을 끄는 꽃들은 다른 이들이 많이 봐 줄 것이니,
그늘에서 서늘한 색으로 피어나는 작은 꽃들에는 내가
다가가야겠다. 여름이 되면 고사리 위를 덮으며 번지겠지만
이 봄날의 꽃을 기억하며 조금씩만 걷어 내 줘야겠다.

봄에는 특히 노란색 꽃이 많다. 세련되지 않다고
여름 화단에서는 다소 뒷전이 되지만 어두운 계절을 지낸
눈에는 그렇게 반가울 수 없다. 산과 들에 피는 색색깔의
봄꽃 중에서도 노란색이 유독 정원으로 많이 옮겨 심긴 건
긴 겨울 끝 눈을 밝히는 색이어서가 아닐까. 삐쭉삐쭉하게
솟아 다소 단정하지 않은 긴 가지들을 가을 동안 꾹 참고
자르지 않았더니, 개나리가 하나둘 노란 꽃을 피우기
시작한다. 개나리가 너무 크지 않냐고 불평 아닌 불평을
하던 리처드 아저씨께 지금 조금 참으면 봄에 참 예쁠

겁니다, 하며 고집을 피웠는데 그렇게 피어 주어 다행이다.

이제 천리향도 만개했다. 가지의 끝에 옹기종기 송이 지어 핀 작은 꽃들을 단단하고 광이 나는 잎이 듬직하게 받쳐 준다. 천리향은 코로 먼저 본다. 화단 저편의 수국을 바라보며 걷다 코끝에 스치는 상큼한 향기에 고개를 돌리면 관목장미 밑에 소복이 꽃을 피우고 있다. 작은 꽃에 어떻게 그만큼의 향기를 담을 수 있는지.

정원사 공부를 하면서 식물들의 이름을 영어로 먼저 배웠다. 걸신들린 것처럼 정원수든 울타리수든 잡초든 가리지 않고 학명을 외웠다. 잔디밭에 새초롬하게 피는 흰 데이지는 '벨리스 페레니스*Bellis perennis*', 아이들이 손에 쥐고 씨앗을 후후 부는 민들레는 '타락사쿰 플라티카르품*Taraxacum platycarpum*', 런던에서 가장 흔한 울타리수인 쥐똥나무는 '리구스트룸 오발리폴리움*Ligustrum ovalifolium*'이라고 기억하려 했다. 정원이 있는 세계에 다가가고 싶었지만 구체적인 방법을 몰랐던 그때, 꽃과 나무들의 이름은 어렵지 않게 구할 수 있는 몇 안 되는 것들이었다. 어려운 라틴어 학명들은 그 자체로 어떤 무게감을 지닌 채 내 안에 차곡차곡 쌓여 갔고, 그 이름들의 무게는 나의 마음을 정원에 깊이 내려앉히는 무게 추가 되었다.

그렇게 학명으로만 외던 식물들 중에서, 천리향은 처음으로 한글 이름을 되찾은 나무다. '다프네 오도라*Daphne odora*'라는 낯선 이름으로 부르던 나무가 천리향이라는 것을 알게 되었을 때 마음 한편에서 무엇인가가 허물어졌다. 울렁한 가슴에 놀라서 이 움직임은 무얼까 생각하니, 그것은 오래된 외국 생활 동안 나도 모르게 쌓아 온 벽이었다.

외국인으로서 희미한 존재를 드러내는 동시에 보호해야만 했기에 쌓아 올린 벽. 태어나고 자란 나라에서는 굳이 설명하지 않아도 되었을 부분까지 이해받기 위해 애써 노력해야 했다. 그것에 무뎌지려면 그 벽이 필요했고, 그럼에도 온전히 이해받지 못하는 순간들 속에서 스스로를 보호하기 위해서도 그 벽이 필요했다. 그리고 견고한 벽을 쌓은 채 안에 웅크리고 있었다는 것을 그때까지도 깨닫지 못했다.

천 리까지 향이 퍼진다고 해서 천리향. 세 글자 속에 녹아 있는 한국의 단내와 단출함에 벽이 허물어졌다. 백일

휴가를 나왔을 때 어머니 아버지께 큰절 올리고 먹었던
집밥이 그렇게 맛있어서 물 마시는 것도 잊었었다. 배는
점점 불렀지만 마음은 채워지지 않아 더 먹고 싶어서 툭
풀었던 바지 단추처럼 그 벽은 툭 터졌고, 흘러나온 뱃살이
그렇게 편할 수 없었다. 어색하게 노력하지 않아도 내가
나인 채로 이해받는 것의 편안함. '다프네 오도라'라고 불러
왔던, 초봄에 향기 좋은 꽃을 피우는 낮은 상록의 관목이
천리향으로 불리는 순간 그 나무도, 나도 그렇게 편할 수
없었다.

벽이 허물어진 뒤로 정원이 조금 다르게 보이기
시작했다. 꽃과 나무는 이렇게 긴 추위는 너무하지 않냐고
따질 만도 한데 조금이라도 볕이 들면 새순을 낸다. 건조한
날씨에 원망할 법도 한데 잠깐이라도 보슬비가 내리면
잎을 잔뜩 펼친다. 작년에 맞은 서리에 속을 꽁하게 뒤틀고
이제 꽃을 피우지 말아야겠다 싶을 텐데 바보같이 또
꽃눈을 만들고 있다. 지난달의 추위도, 어제의 흐린 하늘도
기억하지 못하는 것처럼 좋은 것만 온몸으로 받아들이며
그걸로 족하다는 듯 살아간다.

그러니 나도 꽃과 나무처럼 속없이 실실거리며 살고

싶다. 이해받지 못해도 무얼 탓할 필요 없이 내 자리에서 할 수 있는 것을 해 나가고 싶다. 작년에 내린 서리의 기억은 거기 두고 지금 온 계절에 꽃을 피워야겠다. 무엇이 그리 좋냐고 눈총받아도 꽃물 잔뜩 든 꽃잎을 활짝 펼치고 꽃가루를 날리며 벌과 나비를 기다리는 꽃들처럼. 그러다가 다시금 외로움이 밀려올 때면, 언제나 그렇게 살아 온 꽃과 나무 곁에 서서 칭얼대면 되겠다.

2월 중순, 수국을 가지치기한다. 최근 잦았던 차가운 늦겨울 비에 감기 몸살이 걸렸는지 몸이 무겁지만, 하루가 다르게 부풀어 오르는 꽃눈을 보니 더 이상 미룰 수 없다. 겨울 동안 어미 새처럼 갈색 품 아래에 꽃눈을 품고 대신 서리를 맞고 바람을 견딘 시든 꽃을 자른다. 헛꽃잎은 이미 해져 잎맥만 거미줄처럼 남았지만 소중한 것을 지켜 낸 존재들이 으레 지닌 강한 초연함이 있다.

　일반수국, 목수국, 애너벨수국 세 가지가 정원에 많이 심긴다. 학명을 살펴보면 각각의 생김새를 그려 볼 수 있다.

일반수국의 학명은 하이드란지아 마크로필라*Hydrangea macrophylla*인데, macro는 '크다'를, phylla는 '잎'을 의미하니 직역하면 '큰 잎을 가진 수국'이 된다. 깻잎이라고 착각될 만큼 두툼하고 널찍한 잎을 보면 고개가 끄덕여진다. 목수국*Hydrangea paniculata*의 paniculata는 '원추형 꽃'을 의미한다. 아래가 둥그렇고 위로 갈수록 뾰족한 꽃 모양이 이름과 맞아떨어진다. 애너벨수국*Hydrangea arborescens 'Annabelle'*은 앞선 두 수국과 달리 곧바로 동의가 되지 않는 학명을 지녔다. 'arborescens'는 '나무의 형태를 가진'이라는 의미인데, 실제로는 여러 줄기를 가진 관목이라 고개가 갸우뚱.

일반수국은 덩치 큰 순둥이다. 속이 연하고 통통한 가지를 뻗으며 둥그렇게 자라 화단에서 넓은 자리를 차지한다. 겨울 동안 잎이 떨어진 빈 가지에 가지런히 달려 있던 꽃눈이 봄기운이 스멀스멀 퍼지는 2월 중순에 트인다. 그 꽃눈 안에 올여름 필 꽃이 들어 있으니 지나갈 때 건드려 떨어뜨리지 않도록 조심한다. 수국의 시든 꽃은 일부러 잘라 내지 않아도 여름쯤이면 부드럽게 삭아 떨어지고, 새로 난 잎에 가려 보이지 않는다. 시든

꽃을 잘라 내지 않는다고 해서 올해 꽃이 안 피는 것은
아니다. 이웃집 앞마당에 심긴 수국은 매년 여름이면
꽃이 흐드러지게 피어 담벼락으로 넘쳐흐르지만 한 번도
가지치기하는 것을 본 적이 없다. 물기가 어느 정도 있는
반그늘에 심어 주면 가지치기와 관계없이 꽃을 피운다.
봄날의 수국 전정은 가지 끝에 초록색으로 돋아난
꽃눈만을 보고자 하는 사람의 눈을 위해서 한다.

　　목수국은 제법 당돌하다. 일반수국에 비해 가지는
얇지만 껍질은 더 야물고 마디의 눈이 뾰족하다. 부드럽게
둥근 모습은 보여 주지 않겠다는 듯, 빈 가지는 꼿꼿하고
거칠다. 조그만 녀석이 나름 고집을 피우는 듯 해 웃음이
난다. 목수국은 그해 새로 자란 가지의 끝에서 꽃을 만드니
겨울에 많이 자른다고 해서 다가올 여름의 꽃이 줄지 않아
마음이 편하다. 가지의 수가 적으면 꽃송이의 숫자도 적은
대신 하나하나 커다랗게 자라고, 잔가지가 많으면 작지만
다글다글하게 꽃을 피우니 원하는 대로 가지치기하면
된다. 어떻게 가지치기하든 그해의 꽃을 잃지 않으니
자유롭게 이런저런 모양으로 키울 수 있는 재미가 있다.
물 마름이 덜해 특히 초반에 키우기 수월하고, 단단한

가지가 위를 향해 자라기에 화단에서 자리를 덜 차지한다.
라임라이트처럼 연두색으로 시작해 흰색으로 만개하는
품종들은 섬세한 매력이 있다.

　　애너벨수국은 일반수국과 목수국을 섞은 모양새다.
가지는 목수국처럼 가는데, 속이 연하며 크고 둥그런
꽃과 잎을 지닌다는 점은 일반수국을 닮았다. 제법
세력이 강해 주변으로 새순을 돋으며 번지고, 매년 새로운
가지를 길게 뻗어 그 끝에 풍성한 흰 꽃을 맺는다. 꽃 무게
때문에 가지가 아래로 축축 늘어지는데 또 그것이 나름의
매력이다. 회양목 울타리 안에 심어 이리저리 늘어져
핀 커다란 흰 꽃송이가 촘촘하게 각을 잡은 울타리와
더 대조되도록 키우는 모습도 자주 보인다. 하지만 처진
모습을 싫어하는 손님들도 있기에 새로 심을 때는 이 점을
언급하고 목수국을 심을지 애너벨수국을 심을지 논의한다.
이미 심긴 애너벨수국의 꽃이 늘어진다고 불평하는
손님들한테는, 이게 매력이라면서 못 들은 척 은근슬쩍
넘어가기도 한다. 저 정원사는 내 불만을 듣는 체도 안
한다며 눈총을 주어도 이미 심긴 꽃을 뽑기엔 마음이
무거우니 어쩔 수 없다.

봄비가 점점 잦아진다. 초봄에 큰 꽃을 부풀려야 하는 동백과 만병초에게는 달고 반가운 비다. 정원사의 바짓가랑이는 진흙 범벅이고 손마디의 굳은살은 불었다 마르기를 반복한다. 땅이 축축해 무릎을 짚기 싫어 쪼그려 앉아 잡초를 뽑으니, 일어설 때마다 아이고야 소리가 절로 나온다. 손이야 외투 자락에 몇 번 슥슥 닦으면 그만이지만 한번 젖어 버린 장갑은 종일 축축하고, 결국 손까지 젖으면 한기가 온몸을 덮치니 비 오는 날에는 장갑을 그냥 차에 둔다.

수국이야 장갑 없이도 수월하게 만지지만 장미 가시 앞에서는 조금 고민이 된다. 가시에 찔리느냐, 차라리 축축함을 견디느냐. 대체로 가시에 찔리기를 택한다. 비 오는 날에는 아무래도 고되지만 정원 일을 업으로 삼았으니 어쩔 수 없다. 게다가 영국에 살며 비가 온다는 이유로 일하지 않는다면 일 년의 반은 집에서 쉬어야 할 것이다. 마음을 굳게 먹고 실없는 농담에 웃어 가며 그날의 일을 마쳐야 한다. 비옷을 입었어도 목덜미에

후두둑 떨어지는 빗방울은 차갑고, 수국 사이를 헤집는 소맷자락은 잔뜩 젖는다. 안경에 떨어진 빗방울로 시야는 흐리고 무겁게 젖은 비옷에 아주 조금 움직이는 것도 노력이 든다. 큰 귀가 젖어도 아랑곳하지 않고 까불던 룰루도 오후까지 축축하니 조금은 시무룩하다. 그래도, 봄기운이 스며 있는 비에 흙이 부드럽게 열린다.

당장 퇴비를 하기엔 흙이 아직 차고 정원수들도 겨울잠에서 깨어나지 않아 일은 얼마간 한가하다. 잠이 덜 깬 아이들에겐 맛있는 과자보다 잠이 우선인 것처럼, 나무들도 아직은 영양분을 받아들일 준비를 마치지 못했다. 정원도, 정원사도 2월은 준비 운동의 계절이다. 올 한 해도 잘 부탁한다고 한 달 동안 긴 인사를 나누면 충분하다.

집 근처 공원 초입의 잔디 한편에 잔뜩 피었던 크로커스도 빗물에 꽃잎을 다물었다. 중간에 흰 잎맥이 뚜렷한 가는 잎 가운데에서 올라온 꽃잎이 참 가냘파 조금만 비가 와도 하루 만에 지고 만다. 눈앞에 꽃들은 그렇게 언제라도 피어 있을 것 같지만, 언제까지나 기다려 주지 않는다. 바쁘더라도 피어 있을 때 시간 내어 다가가 바라본다. 봄꽃도 즐기지 못할 만큼 바쁘다고 느낀다면 오히려 잠깐 멈춰서 숨을 고르는 일이 필요한 시점일지 모른다.

정원사가 되고 얼마 지나지 않아 한국에 갔던
어느 해, 부모님의 밭두렁에는 파랗고 흰 도라지꽃과
날씬한 둥굴레가 흐드러지고 뒷산에는 아기 소나무와
단풍나무가 곳곳에 있었습니다. 영국에서는 모두 비싸게
사야 하는 것들이라 덜컥 욕심이 났지요. "어머니, 아버지,
이것들 다 뽑아다가 정원에 심어요." 그러자 부모님은
"지천에 널렸는데 여기 와서 보면 그만이지, 뭘 정원에
옮겨." 하셨습니다. 저에게 정원은 집에 딸린 작은 땅에
불과했지만, 부모님께는 드높게 등허리를 누인 산과 단물이
흐르는 계곡, 울타리 밖 자연의 모든 곳이 정원이라는 것을
그때 깨달았습니다. 봄이면 쑥과 냉이를 캐어 된장국을
끓이고, 여름이면 통통한 고구마 줄기를 볶고, 가을이면

떨어지는 알밤을 주워 삶았던 산과 들. 부모님의 정원은 제가 아는 어떤 영국 정원보다도 크고, 자식들에게 줄 것들로 그득했습니다.

종종 한국의 정원은 어떤 것인지 질문을 받습니다. 높낮이와 형태가 다른 화초와 관목들로 화단이 빈 틈 없이 가득한 영국 정원, 정갈하게 깔린 자갈 위에 모양 잡힌 소나무가 띄엄띄엄한 일본 정원에 비하면 한국 정원은 무엇이라고 콕 집어 얘기하기가 어렵습니다.

대답하기 위해 골똘히 생각하다 보면, 어릴 적 갔던 외할머니의 정원이 떠오릅니다. 초입의 감나무는 껍질이 거무죽죽했고 한쪽에는 경운기가 세워져 있었습니다. 처마 밑으로는 새끼들을 먹이느라 제비가 연신 드나들고, 돗자리에 말린 빨간 고추에서는 매운 냄새가 났습니다. 성큼성큼 들어서면 버선발로 외할머니가 나와 반겨 주셨고, 미나리꽝에서 이제 막 돌아온 외삼촌의 장화에서는 물이 뚝뚝 떨어졌습니다. 영국처럼 화려하지 않아도 먹을거리만큼은 늘 넉넉했고, 일본처럼 정돈되지 않아도 손주들이 얼마든지 뛰어놀 수 있었던 정원. 저에게 한국 정원은 그렇게 소박하지만 모자람 없이 포근한 곳으로 남아 있습니다.

　제게 한국 정원이 '포근함'인 것처럼, 어떤 정원은 눈에 보이지 않을 수도 있겠다는 생각이 듭니다. 결국 우리는 모두 각자의 정원 속에 살고 있는 것이 아닐까요. 뿌리를 붙들어 주는 땅과 잎을 덥히는 볕이 있는 정원에서, 곁가지 끝에 향긋한 꽃을 피우고 살고 있는 것이 아닐까요. 가끔 부는 바람과 내리는 서리는 이내 지나갈 것들일 뿐, 계절은 단단히 흐르고 있습니다. 그러니 잠깐 멈추어 숨을 고르고 싶어진다면, 소중한 기억과 사랑하는 사람들이 심겨 있는 각자의 정원에 머물러도 좋겠습니다.

　마지막으로, 정원사로서 자신할 수 있는 것이 단 하나 있다면…… 봄은 반드시, 이렇게 옵니다.

2026년 3월

김민호 드림

영국 정원 일기

1판 1쇄 찍음 2026년 3월 23일
1판 1쇄 펴냄 2026년 4월 1일

지은이 | 김민호
발행인 | 박근섭
책임편집 | 김하경
펴낸곳 | 판미동

출판등록 | 2009. 10. 8 (제2009-000273호)
주소 | 06027 서울 강남구 도산대로 1길 62 강남출판문화센터 5층
전화 | **영업부** 515-2000 **편집부** 3446-8774 **팩시밀리** 515-2007
홈페이지 | panmidong.minumsa.com

도서 파본 등의 이유로 반송이 필요할 경우에는 구매처에서 교환하시고
출판사 교환이 필요할 경우에는 아래 주소로 반송 사유를 적어 도서와 함께 보내주세요.
06027 서울 강남구 도산대로 1길 62 강남출판문화센터 6층 민음인 마케팅부

판미동은 민음사 출판 그룹의 브랜드입니다.